#SemFiltro

#SemFiltro
Gustavo Fridman

© Moinhos, 2019.
© Gustavo Fridman, 2019.

Edição:
Camila Araujo
Nathan Matos

Revisão:
LiteraturaBr Editorial

Diagramação e Projeto Gráfico:
LiteraturaBr Editorial

Capa:
Humberto Nunes

1ª reimpressão, Belo Horizonte, 2019.

Nesta edição, respeitou-se o
Novo Acordo Ortográfico da Língua Portuguesa.

Dados Internacionais de Catalogação na Publicação (CIP) de acordo com ISBD

F889h
Fridman, Gustavo
#semfiltro / Gustavo Fridman. - Belo Horizonte, MG : Moinhos, 2018.
102 p. ; 14cm x 21cm.
ISBN:978-85-92579-27-2
1. Literatura infantojuvenil. 2. Bullinyng. 3. Autoconhecimento. I. Título.

2018-1400

CDD 028.5
CDU 82-93

Elaborado por Odilio Hilario Moreira Junior - CRB-89949

Índice para catálogo sistemático:
1. Literatura infantojuvenil 028.5
2. Literatura infantojuvenil 82-93

Todos os direitos desta edição reservados à
Editora Moinhos
editoramoinhos.com.br
contato@editoramoinhos.com.br

Sumário

#Nós 7

#Tragédia 11

#Pais 16

#MetrôFeelings 21

#HumilhaçãoEmPraçaPública 25

#FamíliaGaúcha 30

#VoltaPorCima 35

#FlashBack 40

#UmBomComeço 45

#DuploSentido 54

#Reflexões 59

#ObraDeArte 61

#Aplausos 63

#Terapia 70

#DeFilhoParaPais 78

#Proposta 83

#DiaD 88

#OlhoRoxo 93

#Ângela 96

#Nós

Dia cansativo. E quando não é? Para alguém como eu, é muito difícil responder essa pergunta. Sou um pedreiro? Um médico? Ou talvez um professor do ensino médio? Ainda nem saí da escola, mas a minha rotina é mais cansativa do que de todos eles juntos. Eu sou um *nerd*. Lutei contra este fato durante os meus quinze anos de vida. O grande problema é que todas as batalhas, e consequentes êxitos, seguiram apenas em mente. Já tive diversas ideias para acabar com todo o tormento presente na vida de quem tem esse rótulo estampado na testa. Algumas parecem fazer muito sentido. Entretanto, só descobrimos se a solução é eficaz quando a colocamos em prática. Josias não combina com prática. Josias é apenas teoria.

O conformismo aparece quando você se olha no espelho e pensa: Por que eu nasci assim? Poderia, ao menos, ser bonito, esperto, engraçado, alto ou charmoso. Qualquer uma das qualidades citadas já faria de mim a pessoa mais feliz do mundo. Não. Eu sou excelente em matemática e não consigo trocar mais do que duas palavras com as pessoas.

Faço isso direto. Sintomas de depressão? Pode até ser. Fui convencido pelos meus pais a visitar uma psicóloga na semana que vem. Pensam que sou introspectivo demais e, na maioria das vezes, inexpressivo. Só porque não discuto passionalmente todos os dias da minha vida, como eles sempre fazem, não quer dizer que exista algo de errado em mim. Eu sei que há, mas não é esse o motivo.

Admiro as pessoas quietas e introspectivas, mas não gosto de ser como elas. Para muitos, isso pode valer como opção ou estilo de vida. Para mim, é uma tortura. Em belos sonhos, sinto coragem para dizer o que penso. Conto com a ajuda daquela tradicional ironia judaica. Acho que tenho potencial. Apenas não consigo colocar tudo para fora. Minha única relação com o humor é o fato de ser constantemente a piada do dia.

Não vejo problema em ser franzino do jeito que sou. Talvez um pouco. Mas o que posso fazer? Já tentei me imaginar em uma academia, dividindo aparelhos com indivíduos cuja barriga é feita de mármore e os braços parecem troncos de árvore. É impossível! A minha maravilhosa personalidade inexistente já é muito apreciada no colégio. Não há motivos para frequentar uma academia e tornar este terrível comportamento mais público ainda. Se o problema fosse apenas meu corpo, eu seria tão feliz. Cabelo castanho avermelhado completamente rebelde, sardas e espinhas cobrindo noventa por cento do rosto e pele indescritivelmente branca. Qual menina, em sã consciência, ficaria com alguém como eu? A resposta é bastante óbvia, Josias, pare de fazer perguntas bobas.

Tenho uma amiga. Uma única amiga. Nenhum amigo. Ainda não consigo entender os motivos que levaram Ângela a se aproximar de mim. Acredito que pelo fato dela ser incompreendida também. Mesmo assim, nossas situações sociais são bem opostas. Ela tem de sobra aquilo que eu jamais cheguei perto de ter: personalidade. Não se importa com o que os outros pensam e demonstra, muitas vezes de forma exagerada, sua indignação com as atitudes das pessoas. Meninas fúteis, meninos estúpidos. Ângela nunca aturou esse tipo de gente. Muitas vezes, me xinga por eu não conseguir controlar a risada no meio dos seus discursos igualitários. No fim das contas, acaba caindo na gargalhada também, percebendo que algumas das suas teorias não são aplicáveis ao mundo em que vivemos.

No caminho totalmente oposto, aparece a ladra da maioria dos meus pensamentos. Julinha está sempre na moda. Não que eu entenda alguma coisa disso. Procuro sempre usar camisetas com mensagens irônicas. Acho que para justificar a minha ausência de manifestações em público. Enfim, a Julinha aparece cada dia de um jeito diferente, mas igualmente lindo. Independente dos seus longos cabelos negros estarem presos ou não, da sua blusa ser amarela ou preta, a única coisa que permanece igual é o sorriso que, diariamente, ilumina os corredores da escola. Apaixonado? Eu? Claro que não! Desconheço o verdadeiro significado da palavra. Só podemos nos considerar apaixonados se temos algum tipo de relação com a pessoa amada. Eu estou muito distante de dizer "Oi" para ela. E já somos colegas há sete anos! Minha atração pela Julinha tem outro nome: obsessão. Acesso, pelo menos quatro vezes por dia, os perfis dela no *Facebook* e no *Instagram*.

É bem verdade que vivo me divertindo com vídeos bizarros inseridos diariamente no *Youtube*. Agora, quem quer ser o protagonista desses filmes? Poucas coisas podem ser mais humilhantes do que ter seu fiasco audiovisual disponibilizado na internet com milhares de acessos. Talvez, apenas uma coisa. Quem filmou e postou foi o "Digo", meu maior rival. Pelo menos na minha imaginação é isso que ele é.

Rodrigo, conhecido pelas meninas e amigos como Digo, é um daqueles otários que sempre acaba conseguindo o que quer. Burro como uma porta, ilude os pobres *nerds* da sala para que eles passem os gabaritos das provas. Esse é o namorado da Julinha. Como imaginar a possibilidade de concorrer com ele? Chance zero. Já que são três horas da manhã e eu não consigo pregar o olho, resolvi escrever este texto na área de notas do meu celular. A

Ângela disse que poderia me fazer bem iniciar um diário. Como não vejo sentido algum em usar lápis ou caneta, decidi relatar meus desastres no celular mesmo.

O que se fala ao terminar um texto de diário? Acho que "é nóis"!

#Tragédia

Horário de almoço para alunos do ensino médio. Um refeitório com capacidade para duzentas pessoas, completamente lotado. Parecia um dia normal. Não que isso fosse bom, nunca foi. Mais uma vez, fui escolhido como alvo número dois da turma. Perdia apenas para o Alcides Baleia. O nome composto foi inventado por um capanga do Digo, no ano passado, quando o garoto entrou na escola. O tempo passou, Alcides engordou e o nome ficou ainda mais coerente com a sua situação.

Eu sempre fui apenas o mudo esquisito. Quando o professor de geografia me perguntou o que era um solstício, a mesma coisa de sempre. Bolas de suor por todo o corpo, garganta seca e nada. Branco total. Fiquei mudo durante dez segundos. Pareceram três horas. Quando percebeu que eu não responderia, o professor mais querido pelos populares resolveu aumentar um pouco a humilhação.

– Garoto, você deveria deixar de ser tão tagarela.

Observação: sei que, em 450 anos, os depoimentos do meu celular estarão entre os grandes registros do Século XXI. Por isso, decidi reproduzir, também, o que as pessoas, por mais inúteis que sejam, falaram ao longo do dia.

Momento diário de vergonha cumprido com honra ao mérito. As risadas ecoavam pelo andar inteiro. Bolinhas de papel voavam em minha direção, fazendo com que as bolas de suor se unificassem, formando uma grande poça d'água em minhas costas. Eu estava na segunda fileira, ao lado da porta. Muitos poderiam reagir a isso fugindo, pedindo permissão para ir ao banheiro ou coisas do gênero. Como eu nunca tive muita, ou alguma reação, decidi ficar por ali mesmo até que o professor fizesse papel de bonzinho e pedisse a todos que parassem de rir das dificuldades de um pobre aluno. Depois de mais alguns minutos de tortura chinesa, onde o método infalível do cochicho foi escolhido pelos torturadores, o sinal finalmente tocou. Saí correndo da sala. Ângela me acompanhou. Escutou as palavras: estúpido, fracassado, otário e bosta, com a maior naturalidade. Após o meu desabafo, algo pouco esperado de mim, principalmente em locais públicos, ela me olhou com cara séria. Eu tinha certeza de que viria alguma piada.

– Você precisa se tratar. Tem medo de quê? Responde pra ele! Qualquer coisa é melhor do que ficar olhando para o professor com cara de bunda, suando mais do que velho depois de um *cooper*. E vê se cura essa gagueira. Isso me dá nos nervos...

– Gagueira não tem cura, socialista dos infernos!

– Melhor ser socialista do que cagar nas calças quando um professor faz alguma pergunta. Principalmente quando você sabe a resposta.

Ela sempre vencia. Como de costume, nos olhamos por um momento e, em seguida, começamos a rir um do cara do outro, enquanto caminhávamos até o palco da tragédia.

Em uma fila imensa, senti que me observavam. Micos em sala de aula se espalham rapidamente e, mesmo se não tivesse acontecido nada, eu e a Ângela formamos uma dupla bizarramente incompatível. Ela é alternativa e revoltada. Com seu *All Star Azul*, enfrenta tudo e todos. Eu, com tiques nervosos e aparência pálida, não consigo encarar nem a senhora simpática, responsável por servir a comida. Naquele dia, ela olhou para mim com um sorriso dócil e falou:

— Você está muito magro. Tem certeza que não quer mais almôndegas?

Acredito que o "não" respondido por mim tenha sido a palavra falada de forma mais baixa na história da sociedade mundial.

Só queria que o dia terminasse o mais rápido possível. E tudo estava se encaminhando para isso, com exceção da velocidade com que o tempo passava. Um almoço, uma aula de revisão de biologia e pronto.

Sempre achei que as placas amarelas alertando para o chão molhado fossem inúteis, ou, pelo menos, nunca havia parado para pensar na utilidade que elas podem vir a apresentar para a sociedade. Por exemplo, um jovem de quinze anos tem a possibilidade de evitar um escorregão na frente do colégio inteiro. A ausência do alerta provocou o final de uma vida social ainda não iniciada. Caí de uma forma cinematográfica, dificilmente vista alguma vez na vida real. Minha coluna acertou em cheio o piso de mármore do refeitório, seguida do restante do tronco e, por fim, da minha cabeça.

Almôndegas voavam em minha direção e eu não podia fazer nada. Uma fração de segundo depois, as bolas de carne se encontraram com meu nariz. Enquanto isso, o macarrão cumpria a função de se espalhar pela minha camiseta com a frase *Everybody Lies* e o rosto de Hugh Laurie, ator que interpreta o protagonista da série *House*. A única forma de piorar a situação seria a presença do *Dr. House* no refeitório. Eu não aguentaria as piadinhas irônicas daquele manco ranzinza. Não que elas não tivessem sido feitas por, no mínimo, nove décimos dos alunos presentes.

— Quer mais molho no macarrão, trouxa?

— Não pode levar o almoço pra casa, amigão. Nem adianta colocar no bolso!

O mundo girava ao meu redor. Talvez eu tenha desmaiado. Acho que simplesmente fiquei em choque por um tempo. Diversos pensamentos rondavam meu cérebro. O que eu faço agora? Simplesmente levanto e sigo para a aula de biologia? Começo a chorar para ver se as pessoas param com as piadas? Acerto um soco no primeiro, a partir de agora, que falar alguma coisa? Rezava para que tudo aquilo tivesse sido um pesadelo. Afinal de contas, a cena toda é muito cinematográfica para ser real.

Senti uma repentina dor nas costas. Das duas uma: ou a queda curaria definitivamente minha postura torta, ou, aos 23 anos, eu já estaria andando como um idoso recém-atropelado. Recobrei a consciência no momento em que escutei a voz que eu menos suportava. Esqueci completamente a primeira sensação que tive após a queda. A dor com certeza seria o menor dos meus problemas.

– Diga oi para a câmera, *nerd*!

Levei um susto. Fiz uma careta bizarra. Princípio da ação e reação: eu agi como um idiota e o público deu risada. Digo vibrou com a possibilidade do seu canal no *Youtube* decolar de vez. Ângela encarava o máximo de pessoas que ela conseguia, mas sabia que nem a sua fama de durona resolveria ou, ao menos, diminuiria o que eu estava sentindo. Tenho certeza de que já senti aquilo algumas vezes em minha vida. De repente, até mesmo na aula de geografia, alguns minutos antes. Mas a escala do momento era infinitamente maior. Mais do que humilhado, eu estava totalmente impotente.

E o pior, em situações como essa, é cara de pena. Risadas são risadas. Querendo ou não, deve ter sido engraçado mesmo. Mas olhar ao redor para alguns rostos que, sem legenda alguma, podem ser traduzidos como "pobre *nerd*", coloca automaticamente o alvo, no caso eu mesmo, em um nível abaixo dos outros. Como se eu fosse uma pessoa completamente desprotegida, sem solução alguma, digna de pena.

E não se pode confundir pena com apoio. Pena significa "ainda bem que eu não sou assim". Apoio representa "estou com você e não abro". Para se apoiar alguém, você nunca deve fazer aquela terrível cara de cão sem dono. É falsa, com certeza. A pessoa que está ao seu lado, que realmente se importa com você, nunca fará a tal da cara. Ela pode rir, chorar, esbravejar ou demonstrar qualquer outro sentimento. Entretanto, tem certeza de que você dará a volta por cima. A Ângela estava com uma cara séria. Ela transmitia uma espécie de confiança para mim. Não sei explicar direito. Simplesmente me sentia seguro.

A segurança desabou quando, em meio à multidão, encontrei o único rosto que eu jamais desejaria encontrar. Ainda pior do que o Digo. A Julinha estava lá. Não gargalhava como a maioria das pessoas. Ela sentia pena de mim. Antes que a primeira lágrima brotasse em meu rosto, Ângela ofereceu sua mão. Estanquei os pensamentos, forcei meu corpo franzino e, com um impulso, confiando no braço que me suportava, levantei. Por sorte, o segurança da entrada compreendeu que a aula de biologia era incompatível com o estado em que eu me encontrava e abriu a tão sonhada exceção. Permitiu que eu saísse mais cedo, contanto que aquele segredo ficasse entre nós. Ângela não teve a mesma sorte.

#Pais

Maldito despertador! Tenho certeza de que ele faz sempre de propósito. Tocou exatamente quando eu finalmente havia conseguido dormir. Uma das sensações mais estranhas do mundo é o momento em que a pessoa abre os olhos após uma noite mal dormida. Às vezes, as pálpebras só levantam por completo quando a luz do dia bate no rosto. Mesmo desperto, nas horas seguintes, bocejos e remelas surgem de cinco em cinco minutos, atrapalhando conversas e gerando coceiras desproporcionais ao redor do globo ocular.

Remelas à parte, eu não estou disposto a pisar naquela escola novamente. E não utilizo apenas essa maravilhosa manhã de tempestade como justificativa. Nunca mais quero olhar para aquelas pessoas. Também não desejo que elas me olhem. Sabendo que nunca conseguiria me rebelar dessa maneira, deixei a imaginação de lado e entrei no banho.

Julinha, Julinha. Sempre que a água escorre pelo meu corpo, enquanto, ao som do rádio, escuto músicas que representem histórias de amor, ela se transforma em meu único pensamento. Hoje, foi um pouco diferente. Assim que despertei de verdade, diversas palavras com a letra "V" invadiram a minha mente: vergonha, vexame, vagabundos. Quem não presenciou o tropeço ao vivo, com certeza recebeu o *link* do vídeo. Acabei de acessá-lo.

Já ultrapassou dez mil visualizações em menos de um dia *online*! Para quem pensou que nunca ficaria famoso, sua carreira está indo muito bem, Josias.

Mesa de jantar com café da manhã servido. Por que, afinal, as pessoas insistem em denominar a mesa responsável por receber três refeições diferentes com o nome apenas da última? Eu já tinha alguma noção do que me aguardava. E não me refiro ao pessoal da escola. Meus pais conversavam baixinho (milagre), com olhares sérios e tensão aparente. Quando cheguei, mudaram rapidamente de assunto. Finalmente, de forma nada natural, olharam para mim.

– Jô, querido, o que aconteceu ontem? Você não é de fazer essas coisas. Eu e seu pai ficamos muito preocupados.

– Problemas na escola, mãe, mas não dá nada. Não precisa se preocupar – eu disse, pensando ser um especialista em esconder meus problemas.

– Bom, de qualquer forma, seja lá o que estiver incomodando você, tenho a solução. Faça como Jesus, ame também seus inimigos. Faça melhor ainda. Venha comigo ao Culto no domingo! Pastor José Alfredo pregará. Vai ser uma noite de muito louvor – minha mãe, evangélica, da igreja Reino de Deus.

Antes que eu pudesse responder qualquer coisa, uma voz grossa, mas inexplicavelmente serena, invadiu o diálogo.

– Josias, meu filho. Imagino que seu dia deve ter sido muito complicado. Caso contrário, por que haveria tanto molho de tomate em sua roupa? Só sei de uma coisa. Independente dos problemas que você vem sofrendo, uma conversa com o Rabino Shaphiro é a solução. Não há problema que aquele homem não resolva. Já sei! Sexta-feira, no *Shabat*, conversaremos com ele após o *lechaim* – meu pai, judeu, não muito religioso, mas extremamente apegado às tradições.

Ele ainda apresenta alguns fios de cabelo avermelhados na cabeça, compensados pela espessa barba ruiva. Nem alto, nem baixo, cultiva, inconscientemente, imensa barriga, resultante das seguidas cervejas que toma após o expediente, em um tradicional boteco do Bom Retiro. Sua esposa, mais conhecida como minha mãe, é baixinha e tem longos cabelos castanhos. Apesar de já ter quarenta e sete anos, três a menos que meu pai, faz bastante sucesso com os vizinhos, em sua maioria pedreiros, que ficam observando descaradamente enquanto ela caminha pelo bairro.

Jacó Rosenberg e Tereza da Silva Rosenberg formam um casal, no mínimo, peculiar. Ninguém consegue entender de que forma os dois são tão apaixonados. Eu consigo. Apesar das religiões completamente diferentes, eles se completam e, acima de tudo, se respeitam. Isso não impede as três discussões diárias da dupla: café da manhã, almoço e janta. Mesmo assim, no final, um abraço, um beijo e um "por isso que eu te amo".

No início, segundo meu pai, o Zeide Isaac e a Vó Sara não gostavam muita da minha mãe. Naturalmente. "Como ele foi escolher logo uma *goy*. Pior ainda. Uma *goy* praticante!", esbravejava Dona Sara, com sotaque polonês, pelos corredores do seu lar. Zeide tentava apaziguar a situação. Não suportava os barracos da esposa, apesar de concordar com ela. "Calma, Sara. Eles ainda são adolescentes. Provavelmente, é apenas mais uma paixonite do nosso Jacó". Não era. Dois meses depois, noivaram. No final do ano, casaram.

Com o passar do tempo, Dona Tereza acabou conquistando o casal de idosos com sua simpatia e extrema generosidade. Essas atitudes eram somadas com a imensa alegria do filho. Quando perceberam que ele seguiria os princípios judaicos, apesar do cristianismo da esposa, ficaram bem mais tranquilos. "Nosso

Jacozinho está em boas mãos", concluiu Zeide, com o consentimento relutante de Dona Sara.

História linda, de verdade. Meus avós são grandes figuras. Aqueles senhores rabugentos me adoram, eu sei disso. Não consigo demonstrar muito, mas curto eles também. Isso tudo pode parecer legal para a maioria das pessoas. Para mim, não. Claro que é bom ter pais que se amam, mas a pressão, mesmo que involuntária, é muito grande. Quando nasci, decidiram que apresentariam as duas religiões para mim, mas, no fim, quem escolheria o caminho a seguir seria eu mesmo. Fui circuncidado, batizado, realizei a primeira comunhão e fiz *bar mitzvá*. Maravilha. Conheci os dois lados da moeda. Jesus e Moisés. Admirei, e ainda admiro os dois. Mas é impossível decidir o caminho que quero seguir. Acredito em Deus e, para mim, a essência das religiões monoteístas está correta. Os detalhes é que complicam. Por isso, procuro agradar aos dois da mesma forma. Se um dia pensar em judaísmo ou cristianismo como solução, provavelmente seguirei agindo igual.

– Legal, mãe, vamos sim.

– Ok, pai, sexta-feira, final de tarde, estarei em casa para irmos à sinagoga.

Tentei parecer natural. Servi suco de laranja, passei margarina no pão. Quando olhei para cima novamente, os olhares seguiam em minha direção. Sempre fui quieto, até mesmo com eles. Porém, nunca consegui enganar meus pais. Quando alguma coisa está realmente me incomodando, eles conseguem identificar.

– Odeio te ver assim, Jô. São aqueles garotos mais velhos que incomodam você? – minha mãe e seus palpites, na maioria das vezes, corretos.

– Na verdade, dessa vez foi mais feio, mãe. Eu tropecei no refeitório e a comida do prato caiu em cima de mim. Todos alunos estavam lá, portanto... – deixei que ela concluísse. Também não entrei na questão que envolvia o vídeo no *Youtube*. Complexo demais para ela.

– Você não pode baixar a cabeça, meu filho. Imagino sua sensação nesse momento. É horrível? Com certeza. Mas é preciso enfrentar seus problemas, querido. Jesus, mesmo quando foi crucificado, nunca baixou a cabeça – Dona Teresa até poderia estar certa. Infelizmente, nesse caso, nem o melhor dos conselhos ajudaria.

– Concordo com sua mãe, Josias. Seja forte nos momentos mais difíceis. Acredite em *Hashem*, em sua bondade, em sua força. No final, tudo vai dar certo. Em alguns dias, você visitará a Doutora Norma (psicóloga). Ela, com certeza, ajudará com todos seus conflitos, ok?

– Tudo bem, pai.

Após o pequeno diálogo matinal, com excelentes intenções, mas definitivamente pouco útil em curto prazo, os dois terminaram seus cafés, despediram-se de mim com um demorado abraço e partiram juntos para a loja *Shalom*. É lá que os Rosenberg ganham a vida. O estabelecimento é do meu avô. Entretanto, com oitenta anos nas costas, o Zeide aparece lá apenas para elogiar mulheres bonitas que passam pelo Bom Retiro. Enquanto Dona Teresa atende aos clientes com sua simpatia, Senhor Jacó cuida das finanças e trata com atacadistas. A tradição judaica no comércio definitivamente vingou entre os integrantes da família Rosenberg.

Eu não sou bobo. Até sou, mas não em relação a isso. Meus pais, apesar de suas ideologias, querem muito meu bem. Não tenho do que reclamar. Eles apenas empurram demais suas religiões em minha direção e não são bons solucionadores de problemas. Pensando bem, nem o James Bond conseguiria escapar ileso da situação que enfrentarei em exatos quarenta e dois minutos.

#MetrôFeelings

Correria. Nenhuma outra palavra pode explicar melhor o que se passa dentro de uma estação de metrô nos horários de maior movimento. As pessoas, com pressa, esbarram umas nas outras, não pedem desculpa e seguem seus caminhos como se não houvesse amanhã. Estão atrasadas demais para se explicarem a um ser humano desconhecido. O ambiente gera ansiedade e desgosto em qualquer um. No meu caso, é um terror.

Seis esbarrões e incontáveis furos de fila depois, finalmente a plataforma. Um homem pede esmola do lado esquerdo, outro mexe compulsivamente em seu *iPhone* do lado direito. O cenário parece perfeito para análise detalhada da situação, o que me impede de pensar no que está por vir. Corrupção, pobreza e miséria são tópicos muito bons de serem observados para passar o tempo, principalmente em estações de metrô.

De uma hora para outra, não consigo pensar em mais nada. Uma garota estava olhando diretamente para mim. Algo como cinco metros de distância. Com o uniforme de uma escola tradicional da Vila Mariana, calças verdes e camiseta branca com o símbolo da instituição, ela tem um belo sorriso. Eu conseguiria observar sua arcada dentária até mesmo se estivesse a quilômetros de distância. Loira, olhos azuis, altura que beira um metro e cinquenta e oito centímetros. Faz um movimento contínuo com a mão, que vai de um lado ao outro. Grande parte das pessoas conhece o fenômeno como aceno. Eu identifico como a chance da minha vida. Crio coragem. Esqueço a aula, os otários que vão me desmoralizar, o medo, e sigo em frente.

Há momentos na vida em que até mesmo garotos extremamente inseguros, envergonhados e pouco sociáveis como eu, percebem que não há muito o que piorar. A distância diminui gradativamente. Ela parece cada vez mais empolgada com minha aproximação. Tento não demonstrar a tensão, mas é impossível. Já estou encharcado de suor, com o caminhar completamente arrastado, pesado. Parece que meus tornozelos estão amarrados em bolas de areia. Luto contra tudo isso. Nenhuma garota jamais me abanou. É a primeira vez que sinto possibilidade, por mais remota que seja, de encontrar um ser humano do sexo oposto atraído, de alguma forma, por mim. Como? Eu não queria saber. Vai ver a menina dos olhos azuis tinha queda por garotos esquisitos, extremamente brancos, ruivos, com espinhas e levemente corcundas.

Ao reduzir a distância que nos separava, percebi que o olhar, de longe amoroso e acolhedor, agora era irônico traiçoeiro. Ela logo assumiu o controle da situação:

— Eu sei quem é você, eu sei quem é você. Sou muito sua fã, garoto. De verdade!

Não entendi mais nada. Já havia me arrependido de ter ido ao encontro dela. Maldita frase! "Pior do que está não fica". As coisas sempre podem ficar piores, sempre! Como já estava próximo e a menina esperava ansiosa pela pergunta mágica, decidi acabar logo com aquilo.

— P... Por que f... fã?

— Uma amiga me enviou hoje o seu vídeo pelo *WhatsApp*. Queda simplesmente mágica. O macarrão, as almôndegas, tudo. Por favor, a partir de hoje, comece a filmar todos os momentos da sua vida. O mundo precisa de pessoas bizarras e hilárias como você – discursou o diabo, na pele de uma linda garota.

Por que fui falar com ela? Por quê? Era óbvio que algo do gênero aconteceria. Deixei o local da decepção o mais rápido que podia, mas ainda conseguia ouvir, em alto e bom som, a risada maligna da garota. Não olhei para trás. Era muito doloroso. A comparação é complicada de se fazer, mas acho que expectativas frustradas acabam sendo piores do que desastres esperados. Deixe-me explicar. Por um momento, pensei que poderia ter um diálogo legal com a loira megera. É algo improvável, mas ela estava abanando para mim! Cheguei a ficar feliz com aquilo. Do nada, a situação se inverte completamente. Ela ri da minha cara. Será que isso acontece também com outras celebridades bizarras da internet? O infeliz do Digo conseguiu tirar até isso de mim. Estou me colocando no lugar das minhas fontes de risada. Um momento de lazer a menos em minha vida. Perdeu a graça. Enfim, hoje eu poderei descobrir, na prática, o que é pior. Afinal, estou indo em direção ao meu desastre esperado.

Estar dentro de um metrô em São Paulo, às 7 horas da manhã, não é a situação mais confortável que um indivíduo pode vivenciar. Provavelmente, entre as 450 pessoas ocupando o mesmo vagão, em torno de quarenta por cento não se importa em ter a mesma sensação de uma sardinha enlatada. Elas devem ter algum motivo para serem felizes. Eu não tenho e isso multiplica em dez vezes a minha revolta pelo transporte público paulista.

Ao som dos mais diversos sons, assisto os segundos passando rapidamente. Sem banda predileta ou estilo favorito, meu *iPod* é um mar de culturas e dialetos. Liguei o som um pouco antes de entrar no vagão (até porque seria impossível fazê-lo já dentro do veículo) e, em aproximadamente vinte minutos, viajei pelas trilhas sonoras de filmes americanos, passando pelo sertanejo, parando por um tempo no *indie*, seguindo caminho até o *rock* e finalizando o trajeto com os mais novos *hip hops*. Quando o segurança da escola me cumprimentou, já nem conseguia mais diferenciar a música que estava escutando. Poderia ser tanto Black Keys quanto Charlie Brown Jr.

As batidas animadas não combinavam, em nada, com as diversas sensações que passavam pelo meu corpo. Ânsia terrível, mãos suadas e calafrios na barriga, completamente diferentes daqueles que sentimos quando andamos de montanha russa. Aquele tipo de calafrio é gostoso de sentir; é adrenalina passando pelo corpo. Eu definitivamente estava com medo, muito medo. Vontade repentina de ir ao banheiro. Isso tudo apenas enquanto eu passava pela portaria do colégio. A minha mão está tão suada que, depois de escrever este texto, meu *smartphone* ficou mais gosmento que sovaco depois do futebol.

#HumilhaçãoEmPraçaPública

Desde o momento em que pisei pela primeira vez nesta escola, há oito anos, minhas entradas foram sempre iguais. Passava despercebido por tudo e por todos. Provavelmente, a única pessoa que sabia meu nome de verdade era a Ângela. Mesmo que não fosse, ela era a única que o pronunciava publicamente. Desta vez, tudo estava diferente.

Ninguém sabe meu nome ainda, é claro, mas todos sabem quem sou. Nunca vi tantos olhos encarando apenas um indivíduo. Era possível perceber a risada no canto da boca, contida, mas aparente. Parecia que todos aguardavam outro momento que ainda estava por vir para libertarem suas gargalhadas aprisionadas.

Ao lado do bebedouro, um suspiro de naturalidade. Quem tinha sede deveria, obrigatoriamente, escutar ACDC e Pink Floyd. Ângela denominava meu *iPod* de "lixo eletrônico", mas eu sei que, no fundo, ela era tão eclética quanto eu. Gostava apenas de seguir um personagem para que todos a temessem. Impaciente e, ao mesmo tempo, um pouco apreensiva, veio em minha direção.

– Enviei um WhatsApp ontem e você não respondeu! Por que, ao menos, não fez o que eu pedi e chegou 10 minutos antes? Como você tá, moleque? Foi feio ontem, né? Assistiu ao vídeo que o imbecil do Digo postou?

– Fui direto pra cama, Ângela – eu não costumo mentir para ela, mas nessa situação é difícil tentar justificar o que não tem justificativa. – Meus pais me chamaram pra conversar hoje de manhã. Sabe como são as figuras, não sabe? Preocupados comigo e tudo mais.

– E o vídeo?

– Dez mil acessos, não? O dia vai ser fácil.

Ela deu uma espécie de soco em meu braço, simbolizando que não me deixaria sozinho nessa, eu acenei com a cabeça e fomos em direção à aula. Como odeio cochichos! Parece que nossa chegada havia desencadeado vários deles. Tentei ignorar ao máximo. Tinha fixado a ideia de que aquilo passaria em breve.

Quem dera fossem apenas comentários maldosos. Senti falta de ter apenas a impressão de que eu era o alvo das conversas em baixo tom de voz. Quando pisei no chão da sala, alguém gritou "Agora". Rodrigo encontrava-se no centro do ambiente, ao lado de um *notebook* cinza apoiado em cima da classe. Caixas de som instaladas no aparelho indicavam que, seja lá o que estivesse por vir, seria alto. Ele apertou "enter" e, de repente, a cena, que provocou o maior número de dores físicas e psicológicas que já senti em toda a minha vida, começou a ser transmitida para todos os presentes.

Em meio às risadas, não conseguia esconder meu estado de choque. O que eu tinha feito para todas aquelas pessoas? Para falar a verdade, tentei entender de que forma o Digo havia conseguido conectar o projetor ao *notebook*. As imagens eram transmitidas no quadro branco da sala. Ângela era segurada por dois capangas do responsável por minha desgraça. Se ela pudesse avançar, com certeza destruiria o aparelho do garoto rico, mimado e extremamente malvado.

Julinha parecia indecisa. Queria manter as aparências e, para honrar seu *status* de popularidade, dava pequenas risadas. Também não pretendia ser vista como uma garota má. Por isso, às vezes, também colocava a mão ao rosto, balançando a cabeça em teórico ar de reprovação. Não sei o que ela realmente estava sentindo. Preferi seguir o caminho mais fácil, menos doloroso. Ela não gostava do que assistia. Achava tudo aquilo muito injusto comigo. Brigaria com o namorado por minha causa, assim que ele terminasse seu *show*. Três minutos depois, aplausos. Provavelmente ao cinegrafista amador, por ter proporcionado tantas risadas aos seus colegas. "Digo" conseguira o que queria e, agora, puxava o coro de "Discurso, discurso". Seria o auge. Eu gaguejaria e a galera iria ao delírio. Por que eu? Como sabia que não falaria nada, decidi ir em direção ao meu lugar, ignorando tudo aquilo, imaginando um mundo diferente. Pensava em Moisés, pensava em Jesus, implorava a Deus. Sentei em minha cadeira e busquei encontrar frieza em meio ao desespero da situação.

Splash! Textura gosmenta, cheiro sufocante e impressão de estar molhado. Todas as sensações se misturavam. Já pensava em meu fim. Será que havia conseguido ter a maldita sorte de acomodar a bunda em um lugar repleto de coisas nojentas? Nossa sala tinha espelho de classe. Rodrigo estudara aquele momento nos mínimos detalhes. Queria que o dia fosse inesquecível aos cinquenta alunos que me assistiam. Não poderia haver outro motivo. Eu não represento ameaça a ninguém. Ele simplesmente desejava aumentar ainda mais sua popularidade perante a escola e o temor dos *nerds* sobre sua pessoa.

Tenho que admitir: genial. Macarrão em minhas calças novamente. Risadas medonhas novamente. Humilhação novamente. Adeus, popularidade. O fim do que nunca começou. Eu precisava fazer alguma coisa. Corri. Assim como fiz na estação de metrô, mas em uma velocidade ainda maior. As passadas, largas e desengonçadas, deixavam uma espécie de rastro de molho de tomate. Algo indescritivelmente nojento. O molho de tomate pode ser muito bom quando quente, em cima do macarrão. Entretanto, a partir do momento em que esfria e fica muito tempo exposto, sem refrigeração, produz um fedor insuportável. Era mais ou menos esse o meu cheiro.

Corria sem direção, mas meu inconsciente conduzia ao banheiro mais próximo. Um lugar não muito agradável, mas que traz um ar, por mais fedido que chegue a ser, de privacidade. E quem disse que o fôlego seria suficiente? Em meio ao corredor principal da escola, sem qualquer sanitário à vista, não conseguia mais respirar. A visão embaçada indicava que a mistura de nervosismo, cansaço físico e café da manhã inadequado resultariam em algo extremamente desagradável.

Lembro da Ângela chorando ao meu lado. Também lembro as palavras que ela recitava ao Digo. Tão carinhosas... Será que ele, em algum momento, se sentiu culpado pelo que fez comigo? É uma pergunta que, provavelmente, nunca saberei responder. De qualquer forma, saber que um garoto perdeu todos os sentidos por sua culpa deve gerar, no mínimo, um peso na consciência. Lembro dos médicos, na ambulância, falando da mesma forma que os atores que interpretam médicos falam nos filmes.

– Vai ficar tudo bem, garoto. Apenas descanse. Vai ficar tudo bem.

Acordei, ou resolvi abrir os olhos, poucos minutos depois de entrar em um quarto de hospital. Minha pressão realmente baixou, eu realmente desmaiei durante um tempo, mas poderia ter me recuperado sem precisar chegar a um hospital. Talvez, apenas um copo d'água em meu rosto me despertaria. E depois? O que eu poderia fazer? Encarar a realidade que se transformara em um terrível pesadelo? Nada disso. Aproveitei os procedimentos de segurança e saúde da escola para fugir daquilo tudo e, com sorte, inverter a situação que era completamente desfavorável.

Não sou pai. Muito menos mãe. De qualquer forma, não é preciso ir muito longe para conseguir, ao menos, compreender o que pais e mães ao redor do mundo devem sentir ao se depararem com seus filhos em uma cama de hospital. Pior ainda. Sabendo que isso tudo foi gerado por uma situação de nervosismo que resultou em pressão baixa e consequente desmaio. Essa era a atual situação dos Rosenberg.

Voltamos para casa em silêncio. Nenhum dos dois e, muito menos, eu mesmo, éramos capazes de falar qualquer coisa. O clássico trajeto congestionado de quarenta e cinco minutos até nossa casa, no Bom Retiro, contou com quarenta e dois minutos de silêncio. Até que, de repente, minha mãe pulou do acento.

– Já sei! Jô, você precisa dar um tempo com isso tudo. Poderíamos até adiantar em alguns dias a consulta com a psicóloga, mas acho que, no momento, você precisa viajar um pouco. Sua avó me ligou mais cedo, reclamando, como sempre, que morre de saudades de você. Que tal passar o final de semana na casa dela?

– Sério? De verdade? Pilho muito!

– Pilho? Isso é bom ou ruim, meu filho?

– É bom mãe, é bom...

E todos começaram a rir como uma aparente família feliz. A Vó Berenice mora em Porto Alegre, cidade de origem da minha mãe, que veio até São Paulo com o objetivo de tentar a vida aos vinte e dois anos de idade. Uma proposta de emprego que acabou não dando muito certo.

Porto Alegre tem a Vó Berenice, meu primo Miguel e o pôr do sol no Guaíba. Mesmo com todos os fatores extremamente positivos, se minha mãe tivesse oferecido uma viagem ao Alaska, eu provavelmente teria aceitado também com a maior alegria.

Agora é fazer as malas e pegar o avião!

#FamíliaGaúcha

Tá certo que para o turismo não é a melhor cidade do mundo, mas eu curto Porto Alegre. Gosto da Redenção, mesmo que tenha ido lá apenas uma vez, guiado pelo Miguel. Acho engraçado o sotaque cantado dos gaúchos. E também, nessa época do ano, bate um friozinho que, em São Paulo, só é vivenciado de baixo de chuva.

Vó Berenice, a clássica senhora fofinha, faz com que eu coma alimentos deliciosos de cinco em cinco minutos, me trata como bebê e, de vez em quando, fica lamentando sua viuvez. O marido, mais conhecido como meu avô, faleceu, há oito anos, vítima de câncer cerebral. Em poucos meses, a doença se espalhou pelo corpo do marido de Dona Berenice. Ele lutou bravamente, mas não resistiu.

Quando eu era menor, vinha seguidamente a Porto Alegre. Tenho várias fotos da época, mas poucas lembranças do que fazia por aqui. O Vô Jorge era alto, magro e tinha cabelos grisalhos. O que mais me marcou, porém, foi o enterro dele. Minha mãe e suas irmãs soluçavam de tanto chorar. A Vó Berenice parecia flutuar pelo cemitério, sem saber o que fazer ou dizer. Recebia pêsames com cara de paisagem, sem derramar uma lágrima sequer. A ficha não havia caído.

– É o meu neto! Olha lá, moça! Já viu criatura mais linda? Não acredito que ele já está desse tamanho! Ai, meu Deus... Eu preciso abraçar ele! Moço? Tens noção que não vejo meu neto há mais de três anos? Me deixa passar!

Estou relatando o que ouvi enquanto aguardava minhas bagagens. A situação era desastrosa. Eu olhava para todos os lados e, quando tinha certeza absoluta de que ninguém estava me observando, abanava da forma mais discreta possível, para aquele ser humano que, pelo amor incondicional que sentia por mim, fez com que eu ficasse roxo de vergonha. Já seria naturalmente constrangedor. O que tornava ainda pior era o fato da menina que eu cuidei o voo inteiro estar retirando sua bagagem ao meu lado.

Ela tinha sentado na mesma fileira que eu, mas estava no assento F e eu no C. Usava tiara rosa e tinha olhos verdes. Não era tão bonita, mas gostei do seu jeito. Obviamente não fiz nada a respeito. Apenas observei. Cheguei a pensar em conversar com ela caso voltássemos no mesmo avião. Agora, após as declarações de amor feitas pela Vó Berenice, ao longo de toda minha estada no Aeroporto Salgado Filho, rezo para nunca mais encontrá-la.

– Josinho! Amor da minha vida! Como tu estás? Tens te alimentado bem? Com certeza não! Tu estás pele e osso, guri. Mas pode deixar comigo. Em dois dias, voltarás um touro para a capital mundial da poluição – é engraçado como avós sempre perguntam e também respondem suas perguntas.

– Oi, Vó Berenice. Estou bem, sim. Bom te ver. Muito bom estar aqui.

– Excelente saber disso, amado. Agora, chega de aeroporto. Fico nervosa com a tensão das pessoas que passam por aqui. O teu primo Miguel está nos esperando com o carro estacionado em local proibido.

– O Miguel tá aqui?

– Sim! Melhor ainda para ti. Ele acabou de abandonar o estágio e já está de férias na faculdade. Ou seja, segundo ele mesmo, será tua sombra nesses dias.

O Miguel pode ser considerado o irmão que nunca tive. Está certo que perdemos um pouco o contato desde que ele entrou na faculdade, no início do ano passado. Faz Publicidade e Propaganda na PUCRS.

– Josias da Silva Rosenberg? O guri tímido mais descolado do Brasil?

– Miguel da Silva Rodrigues? O garoto descolado com menos cérebro do Brasil? – Além da Ângela, o Miguel era o único com quem eu podia colocar as piadinhas para fora da mente.

Abracei-o demoradamente. Ele retribuiu e, com um sussurro, falou:

– Vai ficar tudo bem, cara. Independente do que aconteceu, eu vou te ajudar. Confia em mim?

– Confio.

Naquele momento, tive uma sensação plena de liberdade de pensamento. Os turbilhões que vinham rondando minha cabeça simplesmente sumiram, ou foram esquecidos por um momento. Digo e seus amigos, Julinha e seu desprezo, meus pais e suas religiões, nada disso precisava ser definido agora. Eu queria apenas curtir meus familiares do Sul. Queria curtir a capital gaúcha. Queria curtir o exílio de meus problemas.

Ao chegarmos à casa da minha Vó, na Rua Vicente da Fontoura, 235, Bairro Rio Branco, me deparei com uma terrível indecisão. Não sabia o que comer. Eu, definitivamente, estava com fome. Ao longo de todo percurso do avião, apenas uma barrinha de cereal sabor castanha de caju. Existe algo com menos gosto e que menos alimenta do que aquilo? De que adianta comer algo *light* se seguimos com fome? Totalmente sem sentido.

Dona Berenice, como boa descendente de italianos, e como boa avó, preparou um verdadeiro banquete para mim. Talharim ao molho bolonhesa, frango assado, salada com dez tipos de verdura. Sem contar as tortas. Eram três gigantescas. A primeira delas feita com bolacha e doce de leite, a segunda de brigadeiro (ou negrinho, como falam no Sul) e a última de limão. Miguel não fez cerimônia. Colocou o pé dentro de casa e já atacou tudo. Eu relutei um pouco. O suficiente para que a Vó Berenice ficasse brava comigo.

– Josinho! Tu estás louco? Vais ficar tímido na casa da tua avó? Se tu não comeres em cinco segundos, te enfio tudo goela abaixo.

A melhor ordem que já recebi em toda minha vida. Sentei ao lado do Miguel e, antes que pudesse me levantar para apanhar o pegador de macarrão, Vó Berenice já colocava tudo que estava sobre a mesa em meu prato. Com ela, não havia aquela frescura de "Você quer isto? Você quer aquilo?". Minha Vó já partia do pressuposto de que tudo que ela cozinhava era excelente para qualquer paladar. Portanto, seria redundante perguntar se eu gostaria de comer. É óbvio que eu gostaria.

Talheres cruzados, barriga, até então imperceptível, conectada excessivamente com a fivela do cinto. Aquela sensação estranha de ter adquirido uma senhora pança em apenas meia hora. Talheres cruzados representam, para minha avó, a hora do descanso. Não que ela seja obrigada a cozinhar todos os dias e a satisfazer sempre seus netos, mas é bom fazer um charme para receber elogios.

– Bom, guris. Eu sei que vocês têm muito que conversar. Eu também, como uma boa senhora de idade, preciso do meu descanso. Madruguei para fazer esse banquete. Com certeza valeu a pena, mas cansa!

– Estava sensacional, Vó Berenice – Miguel adiantou-se.

– Com certeza, Vó. Nunca comi tanto – protocolo cumprido com sucesso.

Miguel olhava para mim. Ele sempre foi muito animado, confiante, engraçado. Sei que pensava em uma piada para introduzir o assunto mais sério: meus problemas. Às vezes, é muito fácil perceber esses momentos. Todos sabem as diferenças entre uma feição que transmite tranquilidade e aquela que tenta forçar a transmissão. Dessa vez, ele não tinha certeza se os conselhos de primo experiente seriam suficientes para que eu saísse vivo dos problemas que rondavam minha vida em São Paulo.

#VoltaPorCima

Começou com uma piada para descontrair.

– Por que existe cama elástica no Polo Norte?

– Lá vem... Não faço a menor ideia!

– Pro urso Polar! – Dei risada. Eu realmente adoro esse tipo de comédia: sutil, curta e criada por crianças do jardim de infância.

– Tenho umas dez novas no mesmo estilo. Encontrei um site genial, cheio de bobagens inúteis. Te passo depois. Mas me fala aí, Jô. O que tá rolando?

– Em relação ao quê? – Óbvio que eu sabia a resposta, mas precisava da pergunta mais específica para conseguir, talvez, desabafar.

– Esses guris pegando no teu pé, Jô. Por que isso tudo? O que tu fez pra eles?

– Nasci. Simplesmente nasci. Eu gaguejo em público, isso quando consigo emitir algum som. Todos os dias é a mesma coisa. Algum professor faz o favor de me perguntar algo e eu demoro cinco minutos para dizer que não sei a resposta. Pronto. Todos começam a rir e debochar. E tem também o Rodrigo.

– Quem é esse cara?

– Até anteontem, era apenas o namorado da Julinha. Provavelmente, eu nem existia direito pra ele. Claro que, às vezes, havia uma piada ou outra pelo corredor, sabe como é. Mas eu não era um alvo específico. Até anteontem...

– Essa Julinha... Mas fala logo, abobado. O que houve de tão especial anteontem?

– Por que você mesmo não assiste?

Levantei e fui até a sala do computador. Miguel me seguiu. No corredor, dois cômodos para frente, já era possível ouvir o ronco ensurdecedor da Vó Berenice. Passamos pelo meu quarto provisório e abrimos a porta, cuja maçaneta arredondada deve ter sido confeccionada há três séculos. Dona Berenice sempre acompanhou, na medida do possível, as inovações tecnológicas. Já fez até um curso de seis meses para aprender a usar a internet. O resultado disso: *desktop* repleto daqueles joguinhos capazes de viciar qualquer um.

Miguel não entendia o que eu queria dizer com "Por que você mesmo não assiste?", mas preferiu evitar a ansiedade da pergunta. Alguns segundos depois, lá estava eu, na maior rede de compartilhamento de vídeos do mundo. Digitei "tropeço no refeitório" e nem precisei procurar pelo desastre audiovisual. Era o primeiro item e já ultrapassava os quinze mil acessos.

Eu havia assistido o vídeo apenas uma vez. Óbvio que tinha sofrido um baque, mas nada se comparava ao mal-estar de ver outra pessoa se sentindo envergonhada por mim. Percebia isso enquanto observava a cara do Miguel. Nós obtemos o parecer de uma situação apenas no momento em que a compartilhamos com outro indivíduo. Não adianta. Sempre fomos e sempre seremos, de alguma forma, influenciados pela opinião alheia. Sozinho em meu quarto, senti raiva e desprezo. Não apenas pelo Digo, mas por todos que poderiam ter me ajudado e nada fizeram. Agora, ao mirar o rosto incrédulo do Miguel, sentia vergonha por não conseguir ser como ele.

– Eu vou ser muito sincero contigo, Josias. A situação não é nada boa. Como tu tá se sentindo?

– Muito mal, Miguel. Não consigo explicar direito. É uma espécie de ânsia. Cada vez que me lembro de tudo que aconteceu, parece que tem alguma coisa corroendo cada órgão do meu corpo. Por mais melodramático que isso seja, a impressão que tenho é a de que, depois disso, as chances escassas de conseguir ser alguém na sociedade se esgotaram.

– Calma, cara. Não é assim também. Me diz uma coisa. Em algum momento da tua vida, tu chegou a pensar que poderia ser esse alguém social que tanto tu fala ao longo dos últimos anos?

– Sonhos contam? – Piada sem graça.

– Óbvio que não! Ninguém vive de sonhos.

– Não.

– Nesse caso, meu caro Josias, pensa comigo. Com a tragédia recente, tu tá no fundo do poço, correto?

– Definitivamente.

– E em algum momento da vida tu deixou de estar nesse mesmo lugar?

Fiquei reticente. Não sabia se ria da minha desgraça ou chorava pela extrema sinceridade com que as palavras saíam da boca do Miguel. Como sempre confiei nele, respondi, de forma óbvia.

– Minha vida social em São Paulo se resume às conversas diárias que tenho com a Ângela.

– Chegou onde eu queria. Presta atenção no que eu vou te dizer. Talvez demore um pouco, mas é bom que tu pegue cada vírgula e coloque em prática.

– Sim, senhor – ironicamente, mas seguindo o conselho, prestei atenção.

Achei importante escrever aqui mais ou menos o que ele falou. Até porque, se esses conselhos funcionarem, o texto abaixo será lido pelo resto da minha vida todo dia de manhã.

"Eu te acho um guri sensacional. Não teria porque mentir. Se não achasse, não teria ido com a Vó Berenice te buscar no aeroporto e, muito menos, estaria conversando contigo agora. Nós sempre trocamos muitas ideias e rimos juntos. Comigo, tu é um ser até bastante social. Nós já tivemos essa conversa sobre amizade e relacionamentos algumas vezes. Meus conselhos nunca foram colocados em prática por ti. Sabe por quê? No fundo, bem lá no fundo, tu sempre achou que teria algo a perder. Pois bem, meu primo, essa situação serve para tu perceber que não tem. Parece que piorou, mas é preciso enxergar isso tudo sob uma nova perspectiva. É a gota d'água, Josias. Entretanto, analisa o antes e o depois. Tirando esse vídeo bizarro do Youtube e a conquista de alguma popularidade negativa pela escola, é a mesma merda social. O que se faz com tudo isso? Faz acontecer, guri! Eu sei que tu tem o problema da gagueira. A Vó Berenice me falou r que tu vai a uma psicóloga. Tenho certeza que ela vai te ajudar com isso. Até porque, tu nunca gaguejou falando comigo. Segundo ponto. Importantíssimo. A tua única e melhor amiga representa o sexo feminino, mais conhecido como o time das meninas. Já parou para pensar no avanço que isso representa? Por mais idealista e revoltada que ela seja, é mulher. Tem algum medo de falar com ela? Não! Eu sei que na prática é muito mais complicado, mas trate as outras gurias da mesma forma que tu trata a Ângela. Personalidade, meu caro Josias, personalidade. Algumas vão te ignorar pelo resto da vida. Talvez a grande maioria faça isso. Mas como funciona teu relacionamento com as mulheres hoje em dia? Simplesmente não funciona. Pelo menos vai ter tentado. Último e mais importante conselho. Tua personalidade aqui, comigo, é incrível. É transparente e engraçada. Quem não gosta disso? Tu tem tudo para ser social. Por mais clichê que essa frase seja, para que as

coisas comecem a funcionar, é preciso acreditar em ti. Não há outra fórmula disponível no universo."

Muita informação. Tudo que o Miguel me falou fazia um sentido incrível. O que eu poderia temer? Ser ignorado por todos com quem eu tentasse falar? Isso já acontece! A única diferença é que eu não tento uma aproximação. Chega. Cansei. Ângela e Miguel deixarão de ter exclusividade sobre minha personalidade. Todos conhecerão o verdadeiro Josias!

– Nem tenho o que falar, Miguel. Você está certo. Absurdamente certo. Cansei, cara. Não tenho porque seguir passando por humilhação atrás de humilhação. Um novo Josias está nascendo.

– É assim que se fala, primo! E nós temos dois dias para colocar o novo Josias para fora. Mas, quanto a isso, não se preocupe. Nossa programação te dará todas as oportunidades de já começar a fazer diferente aqui em Porto Alegre!

Minhas mãos ficam suadas só de escrever essas últimas palavras do Miguel. Mistura de medo e empolgação. Pensamento positivo, Josias. Essa é a hora!

#FlashBack

O Miguel estará aqui em, exatamente, trinta e sete minutos. Segundo ele, passaremos primeiro na Cidade Baixa, bairro boêmio de Porto Alegre. Não sou maior de idade e as minhas experiências com bebidas alcoólicas, até então, foram desastrosas. Já que a Ângela disse que escrever sobre tragédias pode ajudar a superá-las, então aí vai mais uma!

Aconteceu uma festa de turma na casa da Marcinha, há seis meses. A Marcinha é, ao mesmo tempo, a garota mais popular da escola e a presidente do comitê *antibullying*. Para a sorte das pessoas que, assim como eu, sofrem diariamente com deboches e situações constrangedoras, essa parece ser a nova moda. Fazer de tudo para se apresentar como a melhor pessoa do mundo. Mesmo que as intenções, muitas vezes, estejam diretamente relacionadas com a autopromoção, já é melhor do que exclusão e chacota. Como sempre, eu e a Ângela estávamos em um canto, isolados do restante da turma. A irmã mais velha da Marcinha havia comprado vodca com energético para a galera. Casa liberada. Os pais dela curtiam suas férias no Caribe. Todos bebiam freneticamente. Nós íamos com calma. De repente, o Elias, garoto que pode ser considerado como semipopular, criou coragem e foi até a Ângela. Coitado. Três minutos depois dessa péssima decisão, Elias, sentado em um sofá, alternava soluços de tristeza e vômito provocado pela bebida em excesso.

Gota d'água. Em um movimento brusco, a Ângela me deu um empurrão e saiu em disparada.

– Aonde você vai? – perguntei, imaginando, ao mesmo tempo, se aquilo seria um princípio de crise feminina, algo que não combinaria nem um pouco com a Ângela, mas seria muito engraçado de ver.

– Onde você acha que eu vou? Eu vou beber! É a única coisa com chance real de prestar nessa festa repleta de mentes vazias. Você vem comigo?

Nós já havíamos experimentado todos os tipos de bebida, uma tarde, na casa da Ângela. Os pais dela estavam trabalhando e nós tínhamos acabado de entrar em férias. Rum, vodca, cachaça e uísque. Um gole de cada. Um pior do que o outro. De qualquer forma, a curiosidade, naquele momento em que ela me chamou para beber na festa, era outra. Descobriríamos qual é a sensação de ficar bêbado.

A vodca com energético tinha um gosto bom. Não parecia bebida alcoólica. Começamos a beber como se fosse guaraná sem gás. Um copo levou ao outro e, em quarenta minutos, o auge da exibição tomou conta de nossas mentes. Dançamos como se fôssemos os protagonistas da festa. Nada mais importava. Apenas aquela sensação cambaleante de liberdade absoluta. Um vulto se aproximou de mim. Parecia estar na mesma vibração. Era um pouco mais alto e, definitivamente, integrante do sexo feminino. Começou a dançar comigo, me abraçando.

Eu não estava em condições de julgar a beleza do ser. Percebi, apenas, a altura. As modelos costumam ser altas. Isso não é, necessariamente, um ponto negativo. Ela me levou até um sofá (o mesmo em que Elias havia vomitado) e aproximou seu rosto do meu. Seria o dia da glória e o álcool se transformaria em meu aliado eterno. O meu primeiro beijo! O meu primeiro e único beijo... A sensação até que era boa. Senti um gosto estranho, fruto do bafo gerado pela mistura de salgadinhos e cerveja, mas não me importava. Finalmente, deixava de ser BV (Boca Virgem). Pode ter durado trinta segundos ou dez minutos, eu não sei. Quando nossos lábios se desprenderam, ensaiei uma pergunta, ainda com os olhos fechados.

– Mas eu ainda não sei o seu... – eu não deveria ter aberto os olhos.

Maria Tereza, conhecida por todos como Terezão, era uma garota diferenciada. A aluna mais velha da Escola. Dezenove anos e ainda no primeiro ano do ensino médio. Rodara três vezes na mesma série. Se a inteligência não é o seu forte, o que dizer da beleza? Assim como eu, tinha o rosto coberto com espinhas. Os braços eram do tamanho das minhas pernas. Sei que não deveria ser tão crítico. Entendo minhas limitações. Mas sabe como é, né? Podia ser um pouquinho mais atraente e menos problemática. Fui colega dela no ano passado. Ao que tudo indica, sempre teve uma queda por mim.

Os efeitos colaterais da bebida automaticamente tomaram conta do meu organismo. Corri para o banheiro e fiquei lá pelo resto da noite. Para completar, naquela mesma festa, a Ângela ficou com o Vitor, melhor amigo e parceiro de crime do Digo. Ela estava tão bêbada quanto eu, mas parecia curtir o momento. Ciúmes? Muito! Também queria ficar com uma garota popular. Mas não! O único beijo da minha vida aconteceu com uma menina mais forte e com mais bigode do que meu pai, e tinha gosto de salgadinho barato e cerveja fedida.

Para piorar um pouco mais, todos meus colegas presenciaram a cena com o Terezão, o que provocou uma sessão extra de piadas pelo resto do mês. Sobre meu relacionamento com ela, acabei tendo um pouco mais de sorte.

Ignorei duas mensagens enviadas por ela no *Facebook*. Em ambas, revelava sentir algo muito forte por mim e, no final, aparecia o pedido: "Quer namorar comigo?". Sensação estranha. Ao mesmo tempo em que não havia a menor chance de eu aceitar tal proposta, me senti bem em saber que algum ser humano (ou praticamente humano) gostava de mim desse jeito.

O primeiro dia de aula após o nosso beijo trouxe consigo um Teresão completamente diferente da autora das mensagens românticas. Assim que os alunos foram liberados para o recreio, ela veio ao meu encontro. Medo. Eu não sabia o que falar para ela e não queria magoá-la. Ao mesmo tempo, aqueles braços gigantes, responsáveis pelos hematomas de dezenas de alunos, faziam com que eu suasse frio. Estávamos frente a frente.

– Posso saber por que você não respondeu as minhas mensagens?

– E... eu n... não entrei no F... Facebook esses últimos d... dias.

– Mentiroso! Eu vi você online durante umas cinco horas! – Caí na mentira.

Um grupo de curiosos se aproximava da discussão. Eu precisava fazer alguma coisa. Caso contrário, em alguns minutos, seria, oficialmente, o novo namorado do Terezão.

– É v... verdade. Eu estava e vi suas m... mensagens. Olha, Tereza, foi m... muito legal e tudo mais, mas eu não quero ser mais do que o seu a... amigo.

Risadas, risadas e mais risadas. Os curiosos apontavam e zombavam da cara da pobre garota. Joana Tagarela (como eu e Ângela havíamos apelidado ela) destacava-se entre os demais. Ria freneticamente e tentava espalhar a notícia para o maior número de pessoas possível. Se arrependimento matasse. Terezão esqueceu os outros, inclusive eu. Mirava, com os olhos raivosos, a menina loira, com aproximadamente um metro e cinquenta centímetros de altura e sessenta e sete quilos (definitivamente precisava de regime). Quando percebeu a gigante vindo em sua direção, Joana foi corajosa.

– O que foi, Terezão? Eu também não quero namorar com você! – Pra quê? Eu me pergunto até hoje.

Dois segundos depois, a garota gigante estava em cima da gordinha baixinha, golpeando ela com tapas e socos. Joana gritava, desesperada. O secretário de curso, responsável pelo Ensino Médio, chegou correndo para apartar a briga. Um pouco tarde.

Incontáveis marcas cobriam o rosto da pobre Joana. Ela chorava desesperada. Reclamava da dor insuportável na boca do estômago. Os médicos descobririam, algumas horas mais tarde que, na hora da queda, a gordinha havia quebrado duas costelas. Para Terezão, era o fim da linha. A escola poderia finalmente se livrar da maior encrenqueira que já existiu em oitenta e três anos de história. A garota problemática estava, oficialmente, expulsa.

Primeira bebedeira, primeiro beijo e primeira expulsão por minha causa.

#UmBomComeço

Cinco horas no quarto de hóspedes da Vó Berenice e apenas uma ação: pensar. Frases de efeito, assuntos interessantes, modo de agir, como falar, como rir, como andar, e se não der certo, e se der certo, e se, e se, e se. Todos os pensamentos orbitavam sobre minha cabeça, completamente misturados, provocando agonia e insegurança. Entretanto, no fundo, eu sabia que não poderia desperdiçar uma oportunidade como essa. Procurava imaginar que, em caso de desastre, eu não teria que conviver com qualquer uma das pessoas que fossem apresentadas para mim durante a noite.

O telefone da Vó Berenice tocou. A senhora italiana atendeu, ansiosa. Não costumava receber muitas ligações.

– Só um minutinho, Miguel... Jô!!!

– Sim, Vó!

– Miguel no telefone.

– Deixa que eu atendo aqui em cima – respirei fundo e, demonstrando a maior tranquilidade do mundo, respondi – fala, mestre.

– Pronto para a melhor noite da tua vida?

– Na verdade não, mas vamos lá!

– Em cinco minutos, eu te quero na frente de casa, com um sorriso no rosto e pinta de garanhão!

Dentes escovados, três borrifadas de perfume no pescoço, duas de desodorante em cada axila, chiclete de menta (nunca se sabe), carteira, celular, chave de casa da Vó, arrumadinha no cabelo (nada de pente, apenas com a mão). Pronto. Respirei fundo e dei tchau para a Vó Berenice.

– Te cuida, meu amor. Aproveita bastante e tenta não ser tão louco quanto teu primo. Um pouquinho pode.

– Sim, Vó.

– Agora vem cá dar um beijo!

Com a bochecha suja de batom (faz parte das obrigações de neto) segui em direção ao portão branco, antigo, que tinha na fachada da casa. Garganta seca e embrulho no estômago. Sintomas de nervosismo com os quais eu já tinha me acostumado. Se não houvesse o vento frio, com certeza as bolas de suor já estariam se formando em minhas axilas. De repente, através de buzinadas desde a quadra anterior, Miguel anunciou sua chegada. Prometi a mim mesmo que o antigo Josias, pelo menos por essa noite, ficaria descansando em casa.

– Hey!

– Fala, Primo.

– Tenho algo pra ti ali atrás, Jô. Pega a sacola do supermercado pra mim, por favor?

Duas latas geladas. Com certeza não era molho para salada. Relutei um pouco. Utilizei a desculpa do "se beber, não dirija" para me esquivar.

– E a "blitz"? E o acidente que você pode causar embriagado?

– Tu pensa que vai escapar de uma noite muito afudê utilizando o politicamente correto? Relaxa, Jô, teu primo é consciente. Nós iremos, agora, para a casa de duas gurias, deixaremos o carro lá e pegaremos carona com elas. Abre uma e vai tomando que, quando chegarmos, tomo a minha.

Gurias? Ainda não consigo entender como ele conseguiu falar aquilo com tanta naturalidade. Empalideci completamente. Resolvi ignorar os tormentos do meu passado alcoólico desastroso. Abri a latinha, ouvi o estalo, senti vontade de dar o primeiro gole e dei. Amargo, mas gelado. Resolveu o problema da garganta seca, mas deixou um gosto estranho na boca. Resolvi mastigar um chiclete para balancear, o que tornou a sensação um pouco mais agradável.

– Tá gostando, guri? Vai te deixar um pouco mais solto. Quero ver, hoje, o verdadeiro Jô. Aquele que tu sempre foi comigo. Combinado?

– Combinado.

– E não esquece do que eu te falei. Não tem porque as pessoas não gostarem de ti. Se elas não gostarem, que se danem. Estarão perdendo uma grande oportunidade.

– Hoje vai ser diferente, Miguel. Hoje vai ser diferente. Por sinal, quais são os planos?

– Eu tô ficando com a Renata, uma colega minha da faculdade. Já fui algumas vezes na casa dela e tudo mais, e ela tem uma irmã da tua idade. Resumindo: Miguelzinho colocou a guria na tua. Agora é contigo!

Pânico. O sorriso presente no canto da boca não representava, nem de perto, o que eu sentia naquele momento. Um encontro. Dois contra dois. Eu deveria ter a média de um assunto para cada dez minutos. Imaginando que tudo correria bem, o encontro duraria, no mínimo, duas horas. Ou seja, doze assuntos interessantes para tratar. E agora?

– Q... qual é o n... nome dela? – Que saudades da gagueira.

– Que gagueira é essa, Josias? Nunca te vi desse jeito. O nome dela é Manoela. Não te lembra do que conversamos? Não te cobra demais, cara. Fica tranquilo e, se não der certo, tu ao menos tentou.

– E se acontecer aquele silêncio perturbador? E se eu gaguejar feito um bobo da mesma forma com que gaguejo todos os dias na escola?

– Esquece a questão do silêncio. A Manoela fala pelos cotovelos. Assunto não vai faltar! Sobre a gagueira, tenta respirar pelo nariz na hora de falar. Vai, no mínimo, diminuir. Tu é o cara, Jô.

Agora eu estava sorrindo de verdade. Um pouco pelo efeito da cerveja. Um pouco pelas palavras do Miguel. Ainda me sentia nervoso, mas a presença dele despertava uma segurança que, até então, eu desconhecia. O último gole combinou certinho com a nossa chegada.

O prédio das meninas ficava em frente à Sinagoga Centro Israelita. Fiquei sabendo disso porque, assim que chegamos, o Miguel fez a referência. O nome não me era estranho. Provavelmente, o Senhor Jacó frequentou o local em uma de suas passagens por Porto Alegre.

– Oi, Rê! Já estamos aqui. Beijos – Miguel virou para mim e falou: – Elas estão descendo. Pega um *halls* preto pra amenizar um pouco o bafo de cerveja.

Troquei o chiclete gasto pela balinha poderosa. O contraste entre a refrescância do eucalipto e minha boca, novamente bastante seca, acabou tendo resultado positivo.

Saímos do carro, estacionado em frente ao prédio, e encostamos nossas costas nele. Na verdade, foi o Miguel quem fez isso. Eu apenas imitei, porque parecia um jeito descontraído de se esperar garotas. Elas sairiam pela garagem do condomínio. Cada vez que aquela porta abria, meu coração disparava e minha mão suava. Isso aconteceu quatro vezes. Quando eu já não criava mais tantas expectativas, o Honda Fit chumbo, em um movimento extremamente brusco, passou pelo espaço relativamente estreito ocupado pela porta da garagem e, alguns segundos depois, buzinou levemente.

– São elas! A Renata acabou de tirar a carteira de motorista. Por isso, talvez, haja alguma emoção no trajeto. Mas não esquece, Jô. Se ela perguntar como tá dirigindo, algo que com certeza acontecerá, diz que tá tudo perfeito!

– Ok.

Segui o Miguel que, com a lata de cerveja na mão, se aproximava do carro. De repente, a porta traseira abriu e uma menina desceu. Não era a motorista. Manoela usava um vestido branco, com alças, que chegava até seus joelhos. Cabelos castanhos ondulados e olhos claros. Era baixinha. Não tinha mais que um metro e sessenta. Ao me aproximar dela, me senti atraído pelo seu sorriso.

– Olá, futuro cunhado!

– Calma, Manu, calma! Tudo bem?

– Tudo ótimo! Como eu sei que tu quer, logicamente, ficar pertinho da Rê, já saí aqui do banco da frente. Fofa, não? – E virou para mim. Pensei em responder da forma mais simples e sucinta. O mais importante era responder!

– Claro – respondi sutil e confiante.

– Tu deve ser o Josias, certo? Teu primo falou muito de ti!

– S... sério? – Esqueci de respirar pelo nariz. Uma pausa de dois segundos permitiu a respiração salvadora e então complementei – Sou eu mesmo. Josias. Muito prazer. E você é a Manoela, não é?

– Sim. Mas todos me chamam de Manu. E isso vale pra ti também! Já vi que, no final da noite, todos serão contaminados pelo teu sotaque!

– Ou eu pelo de vocês – forcei um pouco uma risada. Não que eu não quisesse rir, mas ainda não me sentia bem o suficiente para fazê-lo.

Quando entramos no carro, o Miguel já estava beijando a Renata que, ao perceber minha presença, imediatamente empurrou o "Don Juan" para longe.

49

– Oi, Josias! Tudo bem?

– Tudo. E com você?

– Ótimo! Que fofinho o sotaque dele, Miguel! – todos riram. Eu novamente forcei um pouco, mas nem tanto.

Inclusão. Ao longo do trajeto até a Cidade Baixa, conversamos sobre os mais diversos assuntos. É claro que eu ainda não havia conseguido tomar a iniciativa, ou colocar algum assunto em debate, mas os três sempre faziam questão absoluta de me ouvir, perguntar a minha opinião. O fato de eu morar em uma cidade diferente também facilitava um pouco.

– Ei, Josias. Sempre falam na televisão dos engarrafamentos e poluição de São Paulo. É tudo totalmente real?

– Eles exageram um pouco. Só porque eu tive que sair pela manhã de casa para pegar o voo no final da tarde não significa nada. E eu também devo estar com milhares de doenças terminais corroendo meu corpo. Já ouvi falar em ar puro, mas nunca consegui encontrar isso em São Paulo – mais risadas. A partir daquele momento, a confiança tomou conta de mim. Percebi que era, sim, possível.

A impressão que eu tinha era de que, ao longo de toda minha vida, sempre fiz os comentários errados, nas horas erradas, isso nos raros momentos em que tive coragem de me manifestar em público. Talvez por culpa minha, talvez por culpa das pessoas que me rondavam, eu nunca tive aquela sensação de que estava agradando. Ainda por cima uma garota! Ainda por cima uma garota além da Ângela! A bochecha rosada da Manu me encantava.

Chegamos ao lugar com o maior número de pessoas bebendo por metro quadrado que eu já havia visto. Nas ruas e bares, todos tinham as bebidas alcoólicas como suas fiéis companheiras. Fiquei me sentindo meio deslocado. A Cidade Baixa era lugar de gente adulta. Mas isso não importava muito. O brilho no sorriso da

Manu compensava o ambiente diferente de tudo que eu já tinha conhecido até então.

Entramos em um Bar na Rua Lima e Silva.

– O que vocês querem beber? – Miguel, o anfitrião. Conhecia todos garçons pelo nome.

– Uma água sem gás. Melhor não arriscar – Renata consciente.

– Um chope bem gelado – Manu ousada. Eu não podia ficar para trás! Além disso, tinha gostado de tomar a cerveja no carro do Miguel.

– Dois – agi rápido.

– Três no capricho, Geraldinho!

– É pra já, Miguel – ou as gorjetas do meu primo eram boas, ou ele era muito querido por todo o pessoal.

Houve um momento de conversas aleatórias sobre coisas que aconteceram em Porto Alegre. Não sabia direito como agir. Até que a Manu, mesmo sem querer, deu a oportunidade perfeita para que eu me tornasse, novamente, o centro da conversa.

– Eu adoro morar no Bom Fim. Parece que tem um ar de cidade pequena, sabe? Não que eu amasse morar em São Gabriel, mas não consigo me acostumar direito com a loucura de Porto Alegre. Vocês já viram os judeus andando por lá na sexta-feira? Loucura total! Uma galera saindo da sinagoga ali do lado de casa. Vários com aquele chapeuzinho fofo.

– O chapeuzinho se chama *kipá*. Você provavelmente viu eles saindo do Sh... *Shabat* – a partir do momento em que percebi que a intervenção poderia estar sendo bizarra, esqueci de respirar e gaguejei.

– Como tu sabe tudo isso, Josias? – Manu, extremamente curiosa.

– O pai do Jô é judeu. Isso faz do meu primo um meio judeu – Miguel antecipou-se, permitindo que eu me recuperasse da pergunta, que poderia ter sido tanto positiva quanto negativa.

– Que demais! Eu nunca conheci um judeu. Por que tu não usa o chapeuzinho? Quero dizer, a Ki... Como é mesmo o nome?

– *Kipá*. Apenas os judeus conservadores usam. Eu gosto bastante do judaísmo e tudo mais, mas não sigo os preceitos. Minha mãe é evangélica. Daí já viu, né?

– Deixemos a religião para os religiosos então, né? Me acompanha em uma Caipirinha, Jô, o multicultural?

– C... Claro! – Quando ela abreviou meu nome, quase tive um infarto. Gagueira justificada.

Eu estava nas nuvens. Com exceção da diferença extrema de sociabilidade, eu e a Manu éramos até bem parecidos. Detestávamos pessoas fiéis a apenas um tipo de música. Curtíamos escrever sobre nossas vidas, odiávamos geografia e não conseguíamos compreender aquelas pessoas que apreciavam quadros abstratos que qualquer um de nós poderia pintar melhor. Tudo corria muito bem, até que o meu primo, como sempre, resolveu realizar uma manobra arriscada.

– Meu caro Jô, minha querida Manu, eu e a Renata combinamos de encontrar alguns amigos para irmos a uma festa. Infelizmente, apenas para maiores de dezoito anos. Vocês se importariam de ficar por aqui e depois dividir um táxi?

Pronto. A Montanha Russa, conhecida popularmente e cientificamente como cérebro, andava em queda livre. Eu tinha certeza de que ela não ia querer e já sentia raiva do meu primo por ele ter possivelmente estragado o melhor momento da minha vida.

– Por mim, tudo bem.

Ela aceitou. Senti vontade de levantar e abraçar ininterruptamente o Miguel. Eu acabaria com o trauma gerado pela experiência com o Terezão, começaria a namorar a Manu, nos casaríamos e seríamos felizes para sempre. Fim. Mas para ter um fim é preciso um começo.

– E tu, Jô?

– Por mim tudo bem também – tentei não parecer muito eufórico.

O meu primeiro encontro oficial com outra garota (a Ângela não conta).

#DuploSentido

Precisei assimilar um pouco o que aconteceu no meu encontro com a Manu para poder escrever sobre isso por aqui. Mistura de sentimentos muito intensos. Mas vamos lá!

O Miguel, definitivamente, representava um porto seguro para mim. A partir do momento em que ele resolveu me abandonar, perdi o norte. De qualquer forma, ela ainda estava ali. Linda. Uma beleza diferente. Não era como as mocinhas dos filmes e das novelas, mas conseguia atrair qualquer um com charme e simpatia. Ela parecia tranquila. Definitivamente tinha o norte bem ajustado.

– Acho que vou parar de beber um pouco. Eu até curto esse brilho que o álcool nos dá, mas não entendo como as pessoas precisam tanto disso para conviver.

– Não sei também. Na verdade, sei. Até onde eu lembro, nunca consegui conversar por tanto tempo com alguém desconhecido. Será que é por causa da bebida? – Eu só poderia estar bêbado para falar aquilo!

– Como assim, Jô?

– D... Deixa pra lá.

– Conta pra mim. Como um guri gente boa como tu pode não ser sociável?

– Tirando a Ângela, minha única e melhor amiga, dificilmente eu consigo falar muito com as pessoas. Não sei o que acontece. É como se tivesse um nó na garganta, que impede que saia algum som. Eu fico mudo. Mas com você foi diferente. Você é tão diferente das pessoas da minha escola.

– Todo mundo, em algum momento da vida, sente dificuldade em se comunicar com outro ser humano. Aquela sensação de que tu não tem voz na hora que abre a boca, né? Acho que o sentimento é o mesmo para todos. Faço terapia há dois anos. Meus problemas são um pouco diferentes dos teus, mas também são problemas. As consultas me fazem muito bem. Já pensou em tentar?

– Tenho consulta marcada na semana que vem. De qualquer forma, você é muito mais simpática que os outros. Parece gostar do que eu falo.

– E gosto mesmo. Agora, pega esse copo de caipirinha, ergue ele e brinda a alguma coisa.

– Ao recomeço! – Nunca havia falado tão alto em toda minha vida. A embriaguez perdeu para a vergonha. Suor repentino e bochechas vermelho-sangue.

Era complicado tentar entender como uma menina atraente poderia gostar de falar comigo. A experiência era nova e incrível. Já não conseguia me imaginar voltando a ser o Josias invisível. Eu estava mexendo em minha carteira, até para saber se conseguiria pagar a conta, quando, sem querer, encontrei meu mais recente desenho.

Não sei se já comentei nos textos anteriores, mas desenho muito bem. Costumo elaborar pequenas obras de arte nos momentos em que o ócio toma conta do meu corpo. Normalmente, isso acontece em meio às aulas chatas, ou enquanto estou fazendo algum favor ao meu pai. O desenho trazia a figura de um senhor, sentado em uma cadeira. Na verdade, era o retrato do meu avô. O Senhor Jacó tinha me obrigado a ficar cuidando da loja e a bateria do meu celular havia acabado. Sem movimento algum de clientes, em um dia de chuva bizarro, não tive alternativa.

Em uma fração de segundo, refleti diabolicamente. Precisava mostrar, de maneira aparentemente espontânea, meu único e verdadeiro dom à Manu. Apesar da excelente conversa, ainda tinha muitas dúvidas se, até o final da noite, meus lábios encontrariam os dela. Precisava me garantir.

– Espera aí! Quem fez isso? – Ela literalmente gritou no momento em que viu o pedaço de papel que eu "casualmente" havia deixado em cima da mesa.

– Eu mesmo.

– É lindo, Jô!

– Que nada. Eu desenhei semana passada, quando não tinha nada pra fazer na loja do meu pai. Na verdade, nem caprichei tanto. Fiz em alguns minutos – às vezes, precisamos fingir humildade.

– Eu vou te convencer de que isso é um dom, guri teimoso. Garçom!

– Pois não?

– Me consegue uma caneta e um pedaço de papel?

– É claro.

– Jô, eu quero que tu desenhe meu retrato. Pode ser?

– Por que não? Mas já vou avisando, não crie expectativas.

Com papel e caneta na mão e sem muita coordenação pelo excesso de álcool, comecei a rabiscar os traços da Manu no papel. Sombreei o contorno das bochechas, enfatizei os lindos olhos redondos e o largo sorriso. Mergulhei profundamente naquele trabalho. Algum tempo depois, cutuquei o braço dela. O desenho estava pronto.

– Ficou perfeito! – Ela olhava para o desenho e me olhava, incrédula – Sem palavras, Josias. Tu tem um dom, acredita em mim!

Difícil lembrar o último plano que bolei em minha mente e realmente funcionou. Pontinha de culpa por ter manipulado a situação, mas nada que bloqueasse a felicidade que tomava meu interior

— Mas é só um desenho, Manu. Você acha mesmo? — Entrei de cabeça no personagem.

— Dúvidas? Então vou ter que te provar com uma opinião imparcial — ela chamou uma mulher que beirava os 30 anos. — Desculpa incomodar, moça, mas eu gostaria de uma segunda opinião sobre este desenho. Que tal?

— A semelhança do teu rosto com o desenho é impressionante. Seja lá quem desenhou, tem talento!

— Viu? Viu?

Respondi com um sorriso maroto. Se eu pudesse definir a noite perfeita, escreveria um artigo no *Wikipédia* descrevendo o que aconteceu comigo durante aquelas três horas, desde o momento em que o Miguel me buscou até a empolgação da Manu com meus desenhos. Eu sentia que poderia conquistar o mundo. Algo que sempre desejei, mas nunca pensei que seria capaz.

É claro que a ideia era fechar com chave de ouro. Não parecia tão utópico. Principalmente após o sucesso dos meus dotes artísticos. Além disso, nós tínhamos muito em comum e estávamos rindo juntos a noite inteira. Pensar em beijá-la fazia todo o sentido do mundo.

Pegamos os estranhos táxis alaranjados de Porto Alegre rumo à casa dela. Sentamos no banco de trás e, durante o trajeto, tocava Coldplay no rádio. Momento perfeito. Uma leve aproximação. Ela percebeu o movimento e começou a esquivar:

— Jô. Eu preciso te falar uma coisa.

— Mesmo? — Incrédulo e, ao mesmo tempo, galanteador. Acho que mandei bem nessa fala!

– Sim. Eu fico de vez em quando com um colega de aula. As coisas tão se encaminhando, sabe? Gostei de verdade de ti. Tu é um cara engraçado, talentoso. Só falta uma coisa...

– O que falta? – Perguntei, sem esconder o desapontamento.

– Tu precisa acreditar nisso, guri. Para que os outros possam acreditar também. Caso contrário, apenas três pessoas vão ter o privilégio de te terem como amigo.

– Mas eu só tenho a Ângela e o Miguel...

– A partir de hoje, já me considero parte do time.

Amenizou o detalhe da recusa. – E quem sabe algum dia, quando eu não estiver meio que comprometida, e tu estiver aqui, em Porto Alegre, combinamos de sair. Que tal?

– Você quer mesmo que eu responda?

Abraço carinhoso. Pedi ao motorista que aguardasse a entrada dela no pequeno edifício.

No Mundo dos Vencedores, uma derrota. No Mundo dos Perdedores, uma conquista. Josias, pela primeira vez, você venceu.

#Reflexões

Após uma despedida repleta de recomendações da Vó Berenice e de conselhos do Miguel, aqui estou eu, em uma poltrona de avião, pronto para voltar a minha realidade. Igual? Fisicamente, sim. Sigo franzino, com os cabelos rebeldes e as espinhas colorindo meu rosto. Entretanto, com certeza não penso mais da mesma forma. É incrível como um final de semana conseguiu modificar o modo como encaro minha vida.

Ainda tenho como pensamentos mais constantes as maldades do Digo e a cara de pena da Julinha. É inevitável. Amanhã, estarei novamente na escola. Provavelmente, serei o alvo principal dos olhares de meus colegas. Talvez até de pessoas que mal conheço. Não é sempre que um aluno desmaia e depois é levado, às pressas, para um hospital. A realidade sempre vai estar ali, intacta. Apesar disso, os próximos capítulos dependem exclusivamente de mim.

Sei que falar e fazer são coisas completamente diferentes. Por isso, irei de corpo e alma para minhas sessões de terapia. Se a Manu conseguiu resolver seus problemas e se transformou naquele ser perfeito, por que isso não pode acontecer comigo também? De qualquer forma, soluções em longo prazo não me interessam. Preciso deixar de ser o centro das atenções negativas. Posso até seguir anônimo por mais algum tempo, mas chega de cenas humilhantes.

Vamos aos pontos positivos da viagem a Porto Alegre: conselhos do Miguel, comida da Vó Berenice, chope na Cidade Baixa, Manu, Manu, Manu... DESENHO! Cheguei a essa conclusão alguns minutos atrás, mas achei que seria irado parecer que concluí algo tão genial exatamente na hora em que estou escrevendo. Pense junto comigo, querido leitor do futuro. Utilizei meu talento para conquistar a admiração da Manu. De certa maneira, acho que ela se sentiu atraída. Por que não pegar o mesmo formato para escapar com vida da situação que me aguarda?

É óbvio que dá vontade de realizar desenhos diabólicos. Por exemplo: caricaturas sinistras do Digo e cópias impressas por todos os corredores. Queria ver como ele se sairia em uma situação dessas. Mas, após alguns minutos refletindo sobre custos e benefícios, imaginei que o Retrato da Queda poderia se transformar na maior vingança já efetuada por um garoto reprimido na história.

Eu lembro cada detalhe daquele momento e acredito que posso reproduzi-lo em uma folha A4, talvez até A3. Sigo os seguintes passos: elaboro o desenho, combino com a Ângela de chegar mais cedo na escola e deixo a obra exposta na parede da minha sala. As pessoas começam a chegar, relembrando e, consequentemente, rindo novamente daquela situação. Eu assumo que sou o autor da obra e deixo todos completamente atordoados e envergonhados com a cena. Imaginação fértil? Fértil é apelido, mas, como diria o meu primo, o que eu ainda tenho a perder?

#ObraDeArte

Cheguei ao Aeroporto de Congonhas muito melhor do que saí. Meus pais já estavam na área de desembarque. Suas caras transpareciam ansiedade e, ao mesmo tempo, tensão. Não sabiam, como pais, de que forma poderiam resolver a situação complicada em que seu filho estava envolvido. Devia ser angustiante. Ao perceber essa preocupação (que pela primeira vez não envolvia suas religiões), me senti ainda mais forte em vencer tudo aquilo que, há dois dias, me aterrorizava.

— Meu filho! Que saudades! Como foi em Porto Alegre? Como está a Vó Berenice? — E mais diversas perguntas clássicas de mãe.

— Estou bem, mãe. De verdade. Precisava desse tempo.

— E um abraço no seu pai? Você não vai dar? O *Shabat* ficou bem mais chato sem você comigo, mas, se a viagem valeu à pena, é o que realmente importa! — Meu pai não poderia deixar a religião de lado, mas é o jeito que ele tem de declarar seu amor. Tudo bem.

— Claro, pai. Essa semana nós iremos. Sem falta.

Queria chegar logo em casa para colocar meu plano em prática. Doce ilusão. Carros e mais carros, parados em filas quilométricas denominadas engarrafamentos, atrasaram em muitos minutos o meu desejo. Ainda tive que contar, com detalhes, tudo o que havia feito em Porto Alegre. Na verdade, eles apenas pensavam que eu estava contando a história toda. A conversa que mudou minha vida ficou oculta. Ainda era cedo demais para falar. Eu não queria criar expectativas em meus pais. Por isso, resolvi detalhar as comidas que a Vó Berenice preparou durante os dias que fiquei por lá. Minha mãe passava mal apenas de lembrar.

Em meu quarto, sozinho, atrasei um pouco mais o começo da revolução. Ainda tinha outra coisa que vencia no quesito ansiedade: Manu. Será que ela havia me adicionado no Facebook? Não acessava meu perfil desde a noite retrasada. Um recorde pessoal. Havia decidido deletar momentaneamente o aplicativo no meu celular. Queria esquecer o mundo enquanto estivesse em Porto Alegre. Assim que bati a porta, baixei o viciante ícone F novamente, digitei a senha e percebi, no canto superior da tela, que tinham duas novas mensagens e um novo convite de amizade. Sensação de êxtase.

Miguel da Silva: "Fala, Jô. Como tu tá, meu primo querido? Quero notícias tuas e quero saber também o que aconteceu depois que eu e a Rê fomos embora. Com a Vó Berenice do lado não tinha como perguntar! :) Espero que tenha chegado bem. Grande abraço do teu primo e irmão, Miguel".

Manuela Dias: "Oi, Jô. Tudo bem? Espero que a viagem tenha sido tranquila. Adorei a noite de ontem. Tu é uma pessoa muito especial. Quero muito conversar contigo de novo! Agora, infelizmente, pelo Facebook. Mas não tem problema. Logo, logo, a gente se vê de novo. Ah... publiquei no meu álbum de fotos o retrato que tu fez de mim. Olha lá... :) Beijos, Manu"

Era tudo que eu queria e precisava ler. Eles ainda estavam comigo.

Passei em torno de meia hora vendo e revendo as fotos da Manu. Depois, foquei naquilo que poderia ser minha salvação. O desenho precisava ser totalmente genial, nos mínimos detalhes, para que as pessoas ficassem realmente impressionadas e identificassem de qual cena se tratava. Seria perfeito, mesmo que eu tivesse que passar a noite em claro.

#Aplausos

Uma das primeiras manhãs da minha vida em que o despertador foi completamente inútil. Eu já havia olhado, três minutos atrás, que restavam apenas três minutos de sono. E assim aconteceu a noite inteira. Em contagem regressiva, calculava quanto tempo ainda tinha para dormir. Começou em quatro horas e doze minutos. O exato momento em que consegui finalizar o desenho capaz de jogar todo o lixo que pesava sobre minha cabeça em um ventilador de teto, cuja função seria lançar os resíduos mais fedidos em cada um que riu da minha cara naquele dia.

Eu lembrava todos os detalhes. Expressões, objetos presentes na cena, níveis de risada. Tudo! Infelizmente, mas para benefício do desenho, a fotografia mental tirada daquele momento não sairia da minha cabeça tão cedo. O mais complicado foi desenhar meu rosto. Nunca fiz um autorretrato. A solução foi me imaginar de costas, destacando, com um lápis laranja, os cabelos ruivos. Após algumas horas, o retrato da tragédia estava pronto.

Assim que levantei da cama, liguei para a Ângela. Ela ainda estava dormindo, para variar um pouco.

— Me encontra, dez minutos antes de começar a aula, na frente do bebedouro!

— Obrigado por me avisar apenas agora...

— Não reclama e faz o que tô pedindo, Ângela. É importante.

– Tudo bem, tudo bem. Não precisa chorar, Jô.

– Vai se ferrar!

Desliguei o telefone e desci para a mesa de café da manhã. O Zeide estava lá. Ranzinza até eu aparecer. É sempre assim. Ele discute com meu pai, xingando o coitado das mais diversas formas e, quando eu chego, muda de assunto. Só quer saber detalhes da minha vida. E o melhor de tudo: sempre que nos visita, traz uma cestinha cheia de comidas judaicas. *Beigale, gefilte fish, chalá, pastrame.* Eu comeria apenas comida judaica pelo resto da vida!

Após o relato completo, ou quase completo, da minha visita a Porto Alegre, me despedi dos membros da família Rosenberg, sentindo o sangue correr pelas veias. O ar de confiança era tão grande que eles nem se atreveram a perguntar se eu estava bem, preparado para enfrentar a escola novamente. Acredito que sejam aqueles sentimentos inexplicáveis que os pais têm. Eles sabem quando seus filhos estão bem. Na maioria das vezes, não sabem como, ou porquê. Apenas sabem.

O dia de sol, com temperatura agradável, ocultava um pouco aquela visão de São Paulo, em que todos os lugares parecem poluídos. Por ter saído um pouco mais cedo de casa, o metrô estava muito mais acessível. Levei apenas duas esbarradas, de leve. E foi bem estranho. Em ambos os casos, as pessoas me pediram desculpa. O que estaria acontecendo? Como sempre, resolvi encarar apenas como coincidência. Eu me sentia mudado, mas nem tanto, a ponto de pensar, por exemplo, que finalmente era notado.

Não seria fácil. Ao som de *Highway to Hell*, AC/DC, tentava despistar os pensamentos que apontavam falhas no plano. Tentava esquecer que estava lidando com pessoas. Mais especificamente, com adolescentes. Mas eu não tinha nada a perder. Em vinte e três minutos, todos enxergariam a cena com os olhos de quem sofreu, e não do ponto de vista cômico.

Até o mais popular e sociável indivíduo da escola estaria nervoso em meu lugar. Não há a menor possibilidade de não ficar. A exposição é imensa, as consequências podem ser desastrosas e, em algum momento, seria preciso levantar e falar, na frente da turma toda, que sou eu o autor anônimo que desenhou o Retrato da Queda. Entretanto, o antigo Josias, deixado lá no Rio Grande do Sul sob cuidados médicos, já estaria pingando de tanto suar apenas ao imaginar a cena. Eu pensava apenas em mudar aquele cenário. A tensão existia, mas a vontade de vencer era muito maior.

Ao descer do metrô, me deparei com um garoto da outra turma. Não lembrava o nome dele. Era novo na Escola. Ele me encarou por um tempo e resolveu se aproximar.

– E aí, Josias. Como você está?

– Bem, cara. E você?

– Bem também. É bom saber que você está recuperado. O colégio inteiro ficou preocupado depois daquele dia. Ambulância entrando. Tenso, né?

– Foi um dia ruim. Mas eu tô ótimo. Férias fora de época sempre caem bem, mesmo em situações como essa.

Ele deu uma leve risada, se despediu e foi embora. São tantas coisas estranhas em uma conversa de 20 segundos que eu nem sabia o que pensar. Desde quando alguém da escola, além da Ângela, conversa comigo? Desde quando alguém da escola se preocupa comigo? Desde quando eles ficam felizes em saber que eu estou bem? Desde quando eu respondo, com naturalidade, a algum questionamento? Desde quando alguém, de São Paulo, ri das minhas piadas? Fiquei confuso.

Consegui chegar ainda mais cedo do que o combinado. Para ser preciso, dezoito minutos antes de começar a aula. Além de colocar o plano em prática, chegar antecipadamente evitaria os olhares curiosos e, talvez, zombeteiros, em direção a mim. A Ângela já estava lá.

– Como você conseguiu chegar tão cedo?

– Simples. Quando malas sem alças não me incomodam, eu tenho mais tempo para me arrumar e tomo banho. Já que eu precisava chegar aqui quando os professores ainda estão dormindo, resolvi vir direto. Levantei da cama, me vesti e aqui estou. Como você tá? Que fique claro! Eu não estou preocupada. É apenas uma pergunta costumeira.

– Sei, sei. Também senti saudades. Tô bem. Na verdade, ótimo! E quero mudar a minha vida. Cansei de ser alvo desses idiotas. Por isso, bolei um plano e quero que você me ajude. Topa?

– E precisa perguntar?

Retirei o desenho da mochila e mostrei a ela.

– Josias da Silva Rosenberg. O que é isso? Alguém fotografou o dia em que você caiu?

– Eu desenhei, sua besta!

– Ainda não consegue compreender ironias com elogio subliminar? É sensacional. Na boa. Mas o que nós faremos com isso?

– Vem comigo.

Chegamos a nossa sala. As luzes ainda estavam apagadas.

– Ângela, presta atenção. Ninguém pode saber que sou eu o autor desse desenho até a hora certa. Eu vou colar ele no quadro negro. Fica vigiando a porta e, se alguém aparecer, por favor, não leve três dias para me avisar!

– Pode deixar, mal-agradecido.

Fui rápido e eficiente. Duas qualidades que costumam faltar a minha pessoa. Colei o desenho, em folha A3, exatamente no local em que havia imaginado quando a ideia apareceu pela primeira vez na minha cabeça. Quatorze minutos antes de a aula começar, não tinha mais volta. O Retrato da Tragédia estava ali, para todos que quisessem apreciá-lo. Restava apenas saber: eles compreenderiam a minha mensagem? A Ângela compreendia.

– É genial, Jô. Eu sinceramente não acreditava que você voltaria para essa escola. Não só voltou como trouxe a vingança junto. Quem é você?

– Não se trata de vingança. Eu quero apenas que as pessoas reflitam, pelo menos por alguns minutos, o mal que elas podem fazer aos outros. Se elas levarem isso para o mau caminho, ao menos eu tentei. Cansei de esperar que as coisas simplesmente aconteçam, entende?

– Demorou, hein?

Decidimos esperar do lado de fora da escola e entrar apenas no momento em que o sinal tocasse. Contei para a Ângela, dessa vez com todos os detalhes, minha experiência em Porto Alegre. Ela ficou feliz em saber que eu tinha ido a um bar, mas implicou com a Manu.

– A clássica garota "chove, mas não molha". Fica se insinuando a noite inteira e, na hora de se entregar, volta atrás.

– Deixa de ser trouxa! Ela só não queria naquele momento!

– Se você diz...

Cinco dias, ou quinze minutos depois, o sinal finalmente tocou. Voltei para a sala, procurando aparentar tranquilidade. Suava um pouco, é verdade. Normal. A segunda parte do plano estava acontecendo.

Não havia um aluno sequer sentado em sua classe. Todos procuravam analisar cada detalhe do desenho. Não pareciam acreditar que aquilo era real. Dessa vez, a minoria zombava. Boa parte dos alunos tentava imaginar de que forma alguém tinha conseguido desenhar a cena de uma forma tão realista. Até que eu cheguei.

Efeito dominó e, em uma fração de segundos, todos me olhavam. Não sabiam o que pensar. Acredito que temiam minha reação ao olhar o desenho. Imaginavam que eu podia ter um treco, sei lá. A maioria tinha certeza de que o autor era o Digo. Logo percebi que os olhares tinham desviado um pouco para a esquerda. Lá estava ele. Do meu lado. Creio que a única pessoa que eu realmente odeio no mundo todo.

O dia com certeza seria completamente diferente de tudo que eu já tinha vivenciado até então. Uma menina tentava, com alguma dificuldade, se desvencilhar do restante da multidão de alunos que observavam o retrato da tragédia. Era a Julinha. Meu coração disparou. Parecia que sairia pela boca a qualquer momento. Irritada, passou reto por mim. Seu alvo era o Digo.

– Nós conversamos sobre isso, Digo! Você tinha prometido que não faria mais isso. Coitado do garoto. Já passou mal uma vez por sua causa. Acabou, Digo. Acabou!

– Mas eu...

Quando ia completar a frase, tentando compreender o cenário, "Digo" foi interrompido pela voz grave do professor Antunes.

– O que está acontecendo por aqui? Eu quero todos sentados em 5, 4, 3... Mas o que significa isso? Quem é o autor desse desenho? Nós não permitiremos mais esse tipo de atitude aqui na escola! Como, depois do que aconteceu na semana passada, alguém ainda conseguiu fazer isso?

– Eu consegui, professor.

Parece que toda a coragem, trancafiada dentro de mim, durante quinze anos, havia finalmente sido libertada.

– Como assim, Josias?

– Até semana passada, provavelmente a maioria de vocês nem sabia o meu nome. G... graças a um vídeo no Youtube, parece que hoje em dia já sou mundialmente conhecido. Tudo bem. Eu também assisto a esses vídeos. Quem não acha engraçado ver as pessoas se machucando? Mas quem, alguma vez, já se colocou no lugar dessas pessoas? Pensando nisso, desenhei minha p... própria queda. Eu me lembro de cada detalhe, de cada pessoa que riu de mim naquele dia. Não sou vítima. Não quero que vocês s... sintam pena. Ou melhor, não sintam pena. Apenas pensem um pouco.

Cada segundo de silêncio pós-discurso provocava a criação de um lago em alguma parte curva do meu corpo. Meus colegas buscavam, com os olhares, seus amigos ao longo do espelho de classe. Não sabiam de que maneira agir. Estavam perdidos. O discurso provavelmente tocara eles, mas será que valeria a exposição de suas emoções após as palavras da pessoa mais excluída da sala? E então começou. Uma espécie de efeito dominó. Pedro, namorado de Marcinha, a segunda mais popular, logo atrás da Julinha, começou a aplaudir. Depois, foi a vez da própria Marcinha. Após a simbólica autorização, quase toda a sala vibrou com o discurso. Uns gritaram meu nome. Outros levantavam para me cumprimentar. Bem cena de filme americano clichê da Sessão da Tarde mesmo. Até o Professor Antunes bateu, discretamente, uma mão na outra.

Eu não sabia que sentimento era aquele. Forte, avassalador. Olhei para o lado e me deparei com o sorriso da Ângela. Para a Ângela sorrir, é necessário que algo grande tenha acontecido. E aconteceu. Após quinze anos de repressão, o mundo agora pode finalmente conhecer Josias da Silva Rosenberg.

#Terapia

Uma ação não representa a mudança completa do contexto todo. Eu posso estar sendo um pouco pessimista ao enxergar meu feito dessa maneira, mas, no fim das contas, é o que realmente acontece.

Como negar que aquele dia foi extremamente importante para mim? Não há como. Falei na frente de toda turma o que eu sentia, fui aplaudido, expus meu talento como desenhista. Tudo corria maravilhosamente bem. No intervalo, alguns alunos, e até o professor Antunes, vieram me cumprimentar. Eu estava feliz. Feliz de verdade. Não via a hora de chegar em casa e contar para a Manu e para o Miguel o que eu tinha feito. Devia muito a eles.

Na hora em que acessei o *Facebook*, apenas a Manu estava online. Conversamos mais de uma hora pela *webcam*. Como naquele dia em que ficamos na Cidade Baixa eu não tinha o menor interesse que ela soubesse da minha catastrófica situação em São Paulo, não havia entrado no assunto Queda. Mas após a recente conquista, expliquei, com prazer, tudo que me aconteceu antes de ir a Porto Alegre e, claro, os detalhes da minha operação. Descrevi a cara das pessoas ao descobrirem que eu era o autor do desenho e, por fim, mostrei a própria obra a ela (o professor Antunes acreditava que eu deveria ficar com o retrato da tragédia, até porque um dia aquilo tudo poderia se voltar contra mim novamente). O dia parecia perfeito. Parecia.

Em um determinado momento, o celular da Manu tocou. Era uma daquelas músicas românticas que apenas quem está apaixonado tem coragem de colocar como toque de celular. Ela atendeu da forma mais meiga que alguém pode atender. Falou da forma mais querida que alguém pode falar. Depois de me deixar alguns minutos no vácuo, desligou o celular e disse que precisava sair. Parece que o "guri que ela ficava" já estava ocupando um lugar com mais destaque em sua vida.

Queda livre. Parecia que minha vitória pessoal já não era mais tão significativa.

A sensação ficou ainda mais forte nos dias seguintes (sim, fiquei quase uma semana sem escrever). Tudo parecia igual na escola. Como antes da queda. Minha exposição, ao que tudo indicava, representava apenas um empate. Eu havia conseguido zerar minha condição social. Seguia pouco notado, mas não era mais o grande alvo de piadas do pessoal. Era uma situação igual ou pior. As pessoas estavam completamente indiferentes em relação a mim, com exceção da Ângela e do garoto que me cumprimentou no metrô. Ele também era um pouco excluído e acabou se juntando ao nosso grupo de solitários. Agora, éramos três lobos solitários.

Cinco dias após o retorno de Porto Alegre, tomava café da manhã da mesma forma com que tomo todos os dias. Discussões intermináveis a respeito das religiões, capazes de deixar até o maior dos ateus com um pé atrás em relação a sua escolha. Até que minha mãe retomou um assunto que eu já havia esquecido.

– Jô! Hoje é o dia da sua consulta com a Doutora Norma. O Consultório dela fica na Avenida Paulista, número 788, sala 203. Marquei um horário para você às 14 horas. Quer que eu vá junto?

– Não precisa, mãe – logicamente, o "não precisa, mãe" significa "é óbvio que não, mãe".

Até então, tinha pensado muito pouco a respeito do que me esperaria naquele consultório. Eu precisava de ajuda. Ainda mais naquele momento. Antes, não havia perspectiva de melhora em minha vida. Não sabia que era capaz de provocar risadas em qualquer outro ser humano, não imaginava que poderia, um dia, falar em público, na frente de todos que costumavam zoar comigo. Agora, tinha conhecimento a respeito de tudo isso. Mesmo assim, seguia sem saber o que fazer. Eu só tinha estruturado minha volta em curto prazo. Não imaginava de que forma dar sequência eterna àquela personalidade que descobri em mim.

Depois de entrar em um prédio enorme, passar por um porteiro simpático, um elevador lotado e uma recepcionista atenciosa, lá estava eu, a três minutos da conversa que poderia mudar para sempre a minha vida. Adotando o pensamento que vinha me acompanhando desde a volta da viagem, de que não tinha nada a perder, comecei a pensar no que falaria a ela. Amor platônico pela Julinha? Desilusão amorosa com a Manu? Invisibilidade escolar? Nem sabia por onde começar.

Uma voz simpática e acolhedora chamou pelo meu nome. Levantei ainda um pouco cabisbaixo e andei em direção a ela. Aparentava ter em torno de dez anos a mais do que minha mãe. Com alguns cabelos grisalhos, blusa, cachecol e uma saia que descia até os tornozelos, a Doutora Norma conseguia transmitir certa tranquilidade. De qualquer maneira, naquele primeiro momento, ainda não dava para ter certeza de que eu conseguiria confidenciar a ela tudo que se passava comigo.

Houve um aperto de mão. Ela gesticulou para que eu a seguisse. Alguns segundos depois, chegamos a uma porta roxa, ou lilás, não sei a diferença. Ela abriu a maçaneta e deixou que eu entrasse primeiro. Dois sofás brancos, um de frente para o outro, duas estantes brancas, uma ao lado dos sofás e a outra na parte de trás da sala. Com a visão ofuscada, fiquei meio sem saber o que fazer.

– Josias, sente nesse sofá – apontou o local em que eu deveria me acomodar – e fique à vontade.

Ficar à vontade. Simples assim. Eu estava cara a cara com uma pessoa completamente desconhecida, que começaria a fazer perguntas sobre minha vida, em um local branco e roxo. Se alguém consegue se sentir completamente bem nessa situação, a pessoa não tem porque procurar uma psicóloga.

– Então, Josias. Acho que seria bom se nós começássemos pelo começo. O que trouxe você aqui?

– Na verdade, a m... minha mãe sugeriu que eu viesse. Eu c... concordei que poderia ser bom – resposta curta, direta e totalmente não cooperativa. Para completar, o gaguinho estava de volta.

– Por que você acha que ela sugeriu isso? Eu quero que você fique tranquilo e confortável. Tente respirar fundo antes de falar. Você acha que precisa estar aqui?

– Acho – retomei o pensamento fixo de que não tinha nada a perder – Sei lá, Doutora. Eu não sei se é pior agora, ou se era pior antes.

– Vamos descobrir. Qual é a diferença de agora para antes?

– Eu tenho dezesseis anos. Durante toda vida, nunca consegui ser quem eu gostaria de ser. Não sei explicar direito. Parece que alguma coisa me prendia. Sempre idealizei muito, imaginei muito. Nunca havia colocado algo em prática de verdade. Quando o professor perguntava alguma coisa para mim, tenho certeza de que todos já sabiam qual seria a resposta: nada. Tenho apenas uma amiga, que é completamente oposta a mim e também acaba sendo excluída. Por isso, ela é minha amiga. Meus pais são legais. Eles são muito atenciosos e tudo mais. Meu pai é judeu e minha mãe é cristã – fiz uma pausa forçada. Eu ainda tinha muito a falar, mas também gostaria de ouvir. E percebi que a Doutora Norma também queria falar. Ao reler minha fala inicial, percebi que realmente consegui me soltar! :)

– Vamos por partes, Josias. Essa sua amiga. Você diz que ela é sua amiga apenas pelo fato de ser excluída também. Por que você pensa assim?

– E não é óbvio? Por que alguém seria meu amigo? A baixa popularidade deve ter algum motivo, não acha? O menino mirrado, sem graça, que vive gaguejando e trava em público.

– Vocês dão risadas juntos? Ela te apoia quando você mais precisa? Você deixaria de ser amigo dela se fosse popular, Josias?

Aqueles questionamentos todos fizeram com que eu começasse a refletir de uma forma diferente. Eu sempre pensei nas pessoas que não se aproximavam de mim. Nunca havia pensado profundamente na minha relação com a Ângela. Ela era, sim, uma grande amiga. Já havia me dado diversas provas disso. Mesmo se eu fosse o garoto mais popular do mundo, nunca a deixaria na mão. E ela, por mais que nunca almejasse esse tipo de coisa, se fosse popular, não conseguiria viver sem zoar com a minha cara diariamente.

– Ela não aparenta ser minha amiga apenas por falta de opção. Muitas vezes, parece até que ela me escolheu. Ela sempre me apoiou, principalmente no dia da queda. Ela é, sim, uma grande amiga.

– E esse dia da queda?

– Um dia em que tudo deu errado. Um dia clássico de Josias. Começou com a aula de geografia. O professor perguntou algo e pediu que eu respondesse. Ele sabe que eu não sou a pessoa mais indicada para respostas em público. Não consegui responder, mesmo tendo quase certeza que sabia. Já imaginou se estivesse errado? Então, simplesmente não falei nada. Os outros alunos começaram a jogar papéis em mim. Até a Julinha riu da situação.

– Quem é a Julinha? Se você quiser responder, é claro.

– Sabe como é. A Julinha é a menina que eu meio que gosto. Tipo, imagino um namoro com ela. Loucura da minha cabeça. Ela é a garota mais popular da série e namora, ou namorava até pouco tempo, o Digo. Como eu detesto aquele cara.

– Por ele ser namorado da Julinha?

– Não vou mentir. Esse é, sim, um dos motivos. Mas isso se encaixaria mais em ciúme. Ele foi o responsável por ter tornado o dia da queda inesquecível. Até porque, se algum dia a cena for naturalmente esquecida, qualquer pessoa ainda pode ver no *Youtube*.

– Mas, afinal, o que foi essa tão falada e filmada queda?

– Nós saímos da aula de geografia, eu e a Ângela, e, como sempre, ela zoava comigo por eu ter gaguejado, e eu falava mal do professor que tinha me exposto daquele jeito. Chegamos ao refeitório da escola, completamente lotado, pegamos macarrão com almôndegas e saímos atrás de uma mesa. O chão estava molhado, eu tropecei, as almôndegas cobriram todo meu corpo e a galera começou a rir de mim. O Digo, que vivia com a câmera ligada, por coincidência, eu acho, gravou toda essa situação, colocou no *Youtube* e, no dia seguinte, mostrou para todas as pessoas que estavam na minha sala de aula.

– E quando você viu aquela cena sendo transmitida para toda a sala?

– Eu saí correndo. Não sabia para onde ir. Apenas imaginava que nunca mais pisaria naquele colégio novamente. De repente, começou a me bater uma fraqueza e eu acabei desmaiando. Até hoje não sei se foi um desmaio proposital ou não. Sei lá. Talvez tenha sido a forma que eu encontrei de não ter que voltar para aquele lugar.

– Eu entendo. Até agora você estava falando do antes, certo? O que está diferente hoje em dia?

– Na semana passada, pela primeira vez em toda minha vida, eu resolvi tomar uma atitude. Depois de visitar alguns parentes, em Porto Alegre, e de ter conhecido a Manu, voltei para cá disposto a mudar tudo. Eu sempre tive certa facilidade em desenhar. Por isso, resolvi criar uma obra da minha queda. Desenhei, nos mínimos detalhes, toda a cena. Cheguei antes do horário de aula em minha sala e colei o desenho na parede. As pessoas que chegavam começavam a se questionar. Tinham algum receio em zombar, porque sabiam que eu havia passado mal por toda aquela situação. Quando o professor chegou e perguntou quem havia feito aquilo, respondi que tinha sido eu. Já imaginou o Josias que eu tinha descrito a você até agora fazendo esse tipo de coisa? Pois eu fiz. Expliquei como me sentia. Pedi que as pessoas se colocassem em meu lugar. Fui aplaudido por boa parte da sala. O auge, certo? Não. Tudo segue igual naquela escola. As pessoas não incomodam mais pelo que aconteceu no refeitório, mas também estão indiferentes a mim. Eu sigo com dificuldades de falar em público, a Julinha segue sem me notar. Enfim, eu apenas empatei a partida.

– Logo no começo da nossa conversa, você me falou sobre a religião dos seus pais. Como você consegue lidar com essa situação? Você segue alguma religião?

– Não sei. Quando eu converso com minha mãe, acredito em Jesus Cristo. Quando converso com meu pai, acredito no Antigo Testamento. Eu não consigo pensar em algum caminho para seguir. Sinto que devo agradar tanto um quanto o outro. Por isso, sempre acabo ficando em cima do muro. Só sei que acredito em Deus.

– E esse tipo de fé é muito importante, Josias? Seus pais colocam muita pressão em você?

– Eu não acho que seja por mal. Mesmo que eles se esforcem para não me empurrar até as religiões, sempre que eu falo sobre alguma coisa, a solução está em uma conversa com o Rabino ou com o Pastor. Em ir ao *Shabat* ou ao Culto. Isso me incomoda de vez em quando.

– Bom, Josias. Nosso tempo está se esgotando – escrevi apenas as partes marcantes. Afinal de contas, é impossível relatar 45 minutos ininterruptos de conversa – Eu gostaria de conversar com você novamente na semana que vem. Que tal? Mesma hora?

– Doutora Norma. Pode me dizer. Eu aguento. O que eu tenho é muito grave?

– Nós tivemos apenas uma consulta, Josias. Mas eu posso adiantar que você não é diferente dos outros adolescentes. Baixa estima, insegurança e ansiedade são sintomas comuns. Alguns apresentam em excesso, outros apresentam um pouco menos. Pelo que você me disse, esses sentimentos já estão presentes há algum tempo. Porém, já houve prova de que é possível contornar as situações. Aqui mesmo, em nossa conversa, se revelou um garoto com personalidade, simpático e com senso de humor. Nós vamos trabalhar bastante em cima disso. Fique tranquilo e tenha um pouco de paciência. As coisas vão melhorar.

Era tudo o que eu precisava ouvir. A Doutora Norma foi capaz, em apenas uma consulta, de me trazer de volta para a batalha. Você é capaz, Josias. Você é capaz.

#DeFilhoParaPais

Eu sou normal. Mais do que isso. Eu posso melhorar. Quem sabe até namorar a Julinha! A Doutora Norma definitivamente conseguiu me confortar. Ela é especialista, deve reconhecer um louco de longe. Ok. Eu sou inseguro. Ok. Eu tenho baixa estima. Mas eu sou simpático e, definitivamente, não sou gago. Basta pensar naquela técnica de respiração.

Cheguei em casa com vontade de falar com meus pais. Sei lá. Talvez essa confusão de religião acabe influenciando mesmo na minha vida. Eu só não tinha percebido até agora porque me acostumei a conviver diariamente com as discussões todas. Mas o que eu poderia falar a eles?

"Mãe, não tenho certeza se Jesus Cristo é filho de Deus. Mesmo assim, admiro tudo o que ele fez. Definitivamente foi uma pessoa muito iluminada".

"Pai, acredito muito na essência dos preceitos judaicos. Acredito em Deus. Mas não sei se ir à sinagoga toda semana ou seguir as 613 *mitzvot* vai me tornar uma pessoa melhor. E se eu quiser rezar em casa? E se eu ajudar o próximo muito mais do que o judeu que segue todos preceitos?"

Acho que concordo com a existência das religiões. É bom pertencer e se identificar com alguma coisa. É bom se unir a uma causa. Mas por que as pessoas precisam sempre se considerar superiores por pertencer a essa ou aquela? Desconheço o Budismo e o Hinduísmo. Posso falar um pouco melhor de Cristianismo e Judaísmo. Qual é a diferença? Deixe que quem acredita em Cristo siga acreditando. Qual é o problema? Fora isso, algo mais?

Meus pais chegam em casa sempre por volta das dezenove horas. Dez minutos mais cedo, eu já tinha decidido: falaria sobre meus pensamentos com eles. Ouvi uma reclamação de dor nas costas. Sinal de que mais um dia de trabalho terminou. Fui até a sala e abracei cada um.

– Josias, meu filho. Como você está?

– Bem mãe. Muito bem! – Provavelmente a pergunta surgiu a partir do momento em que a abracei. Eu raramente faço isso.

– Você parece contente, mas um pouco apreensivo. Aconteceu alguma coisa?

– Falando nisso, como foi na doutora Norma? – Parece que os dois têm o poder da telepatia. Como se fossem uma pessoa só.

– Foi tranquilo.

– Ela conseguiu ajudar você?

– Acho que sim... É cedo ainda, né? Mas eu parei para pensar em algumas coisas.

– Você quer falar conosco sobre isso?

– Na verdade, tem a ver com vocês também.

Depois de soltar a frase no ar, senti um clima de apreensão. Meus pais sempre foram extremamente preocupados comigo. A questão religiosa me faz mal, mas acho que até isso acaba sendo resultado de cuidado excessivo.

– O que aconteceu, Jô? – Meu pai, tentando parecer tranquilo, definitivamente não conseguiu atingir seu objetivo.

– Eu sei que vocês só querem meu bem, mas, no momento, essas paradas de religião estão me deixando cada dia mais confuso. Eu gosto de ir à sinagoga, também curto os cultos, mas essas coisas sempre foram impostas. Qual é a diferença, afinal? Pai, mãe, vocês são felizes?

– Claro que sim, Jô!

– Alguma dúvida, meu filho?

– Então por que é tão importante a religião que eu devo seguir? Por que eu não posso seguir as duas? Ou simplesmente seguir o que eu sinto? Por que essa insistência? Acho que não acredito em Jesus Cristo como filho de Deus, mãe. Mas sempre que o pastor fala em Jesus, eu penso em Deus. E muitas daquelas palavras fazem sentido para mim. Eu preciso realmente viver a religião por completo? Na sinagoga, só se fala em comida Kasher, pai. Eu não consigo acreditar que a forma com que uma comida é feita elevará a minha alma. Mas eu gosto de ser judeu. Adoro nossas festas, gosto de ir à sinagoga. Só não quero precisar acreditar em tudo. Se vocês são felizes juntos, significa que os princípios e a essência do que vocês acreditam são os mesmos, certo? Então, por que essa pressão toda?

Os segundos de silêncio ultrapassaram qualquer tipo de tensão que eu já tive em toda a minha vida. Acredito que tenha sido mais difícil desabafar dessa forma com meus pais do que falar na frente de toda turma sobre se colocar em meu lugar. Meus pais, com olhares incrédulos, definitivamente tinham sido pegos de surpresa. Sabe aquela cara de opinião não formada a respeito do assunto? Não é triste, alegre, decepcionada ou brava. Você simplesmente nunca havia parado para pensar daquela forma. Parece que a ficha caiu na mesma hora.

– Você é muito especial, meu filho. Eu tenho orgulho em ser sua mãe. Toda essa sensibilidade que você tem. Nunca demonstrou muito, mas eu sempre soube. Sabe como é, né? Coração de mãe. Sinto uma vergonha indescritível por ter imposto minha religião. Pela forma que você falou e refletindo sobre tudo que fiz nesses anos, parece que acabei deixando de lado o que você queria e sentia para impor o que eu queria e sentia. Acabei esquecendo a combinação que eu tinha feito com o seu pai. Meu Jesus Cristo, o que foi que eu fiz?

— Você acabou de me fazer pensar, Jô. Realmente, acabei extrapolando nessa ideia de colocar você o mais próximo possível do judaísmo. Eu quero que as tradições sigam acontecendo na família Rosenberg, entende? Mas você está certo. Nada pode ser imposto dessa forma.

— Vocês não estão entendendo uma coisa. Provavelmente todo pensamento que criei dentro da minha cabeça foi construído a partir de tudo que vocês já me falaram desde que nasci. Sei lá. Querendo ou não, eu acabei herdando os princípios de vocês. Só não herdei essa loucura toda de querer explicar tudo através da religião. E se Deus realmente queria que vocês dois ficassem juntos? E se, no final das contas, o que importa de verdade é essa convivência em harmonia? Apesar de tudo, vocês me ensinaram, no dia a dia, a conviver com as diferenças. Amo muito vocês. E eu fico feliz demais em saber que vocês conseguiram entender o sentido do que eu falei.

Minha mãe, para variar um pouco, começou a chorar descontroladamente. Abraçou, beijou, abraçou, olhou, beijou. Meu pai, com a mão direita em meu ombro, olhava com os olhos franzidos e os lábios cerrados. Não há nada melhor do que encarar uma cara de aprovação.

O primeiro encontro com a Doutora Norma com certeza já tinha valido a pena. A vida parecia mais leve. Às vezes, preferimos dificultar as coisas ao invés de simplesmente falar a verdade que se passa em nossas mentes. Por que seria melhor esconder o que pensamos? Eu sempre acreditei que o melhor era guardar para mim. Sempre me achei meio estúpido, sem argumentos.

Pensando bem, apesar dos seus jeitos meio loucos, meus pais sempre me deram abertura para dizer o que eu pensava. Eu que nunca aproveitei o espaço. Sempre preferi fazer o que eles preferiam. Resumindo: falei o que pensava para a Manu e ganhei uma amiga. Falei o que pensava sobre minha queda, na frente da turma inteira, e ganhei aplausos. Falei o que pensava aos meus pais e ganhei o orgulho deles. Sempre disse o que pensava para Ângela e ela é minha melhor amiga. Quando guardei tudo para mim, fui reprimido, sofri preconceitos e mantive dúvidas, guardadas em meu cérebro, mas jamais esquecidas. Estava na hora de me expressar para todos.

#Proposta

Pensar é fácil, difícil é fazer. Troquei "falar" por "pensar". Afinal de contas, nem falar eu consigo. Já se passavam duas semanas desde o meu desabafo com o Senhor e a Senhora Rosenberg. O embalo da conversa foi apenas utópico. Eu seguia com aquele cinto de segurança travando minhas opiniões e desejos. Parecia que se soltava apenas quando eu ficava a sós com a Ângela. Também tinha o garoto do metrô, Antônio, que, por algum motivo, havia se aproximado da nossa dupla. Por incrível que pareça, a Ângela não era antissocial com ele. E eu também conseguia me relacionar relativamente bem com o sujeito.

A Doutora Norma dizia que eu estava evoluindo. Cinco sessões de terapia depois, minhas conversas com ela já eram mais naturais. No primeiro contato, eu tinha vomitado todas as informações da minha vida de forma superficial. Agora, aprofundava melhor, revelando a ela detalhes dos meus pensamentos. Em 92% das nossas conversas, o tópico era o mesmo: Julinha. Eu senti, sim, alguma atração pela Manu, mas com a Julinha era diferente. Eu tinha uma fixação por aquela garota!

Atitude e iniciativa são, sim, muito importantes. Mas, sem as devidas oportunidades, fica muito complicado. Eu sempre quis conversar com a Julinha. Talvez, se tivesse recebido alguma abertura, teria feito algo. Nunca aconteceu. Até aquele dia. Eu sempre imaginei que esse tipo de oportunidade, esperada a vida inteira, chegava em momentos específicos, como o pôr do sol, a festa do ano, em meio a uma tempestade ou após uma briga. Meu momento com a Julinha aconteceu no intervalo entre as aulas de matemática e de química, no corredor do primeiro andar.

Havia um fato interessante no meio disso tudo. A Julinha estava oficialmente solteira há exatos três dias e quinze horas. É claro que já se especulava uma separação do casal desde o episódio do desenho. Entretanto, há três dias e quinze horas, a Julinha modificou o *status* do *Facebook* de "Em um relacionamento sério" para "Solteira". Não existe um ato tão importante para declarar a situação conjugal de alguém. Acredito que até mesmo para marido e mulher. Separação em cartório? Ok. *Facebook*? Aí sim, a coisa é séria.

– Josias, certo? – Fiquei ridiculamente feliz em saber que ela sabia meu nome. Seria algo meio improvável dela não saber, se eu pensar que nós somos colegas há mais de oito anos.

– Sim – respondi, tentando esconder o nervosismo.

– Então. A galera tem falado muito daquele seu desenho nos últimos tempos. Como você conseguiu fazer aquilo?

– N... não sei – comecei a imaginar que estava falando com a Manu. Dei uma resposta um pouco mais elaborada – Eu apenas peguei um lápis e desenhei.

– Nossa. Se foi realmente você, parabéns! Muito talento, de verdade. Eu não tinha vindo falar antes porque estava com o Digo. Sabe como é, né? Ficaria meio chato. Mas agora eu posso pedir. Você me desenharia?

Eu jamais vou conseguir expressar de alguma forma o que senti no momento em que a Julinha revelou tudo aquilo para mim. Ela me achava talentoso. Não tinha vindo falar comigo ainda porque o namorado ficaria com ciúmes e queria que eu a desenhasse. Como assim? Simplesmente não dava para acreditar!

– C... claro – gaguejada totalmente perdoável. Dei o máximo para me controlar na continuação – Mas como nós faríamos?

– Você tem alguma coisa amanhã, logo depois da aula?

– Não – nem pensei. Apenas respondi!

– Ótimo. Me encontra na frente da sala 203, assim que tocar o sinal, ok?

– Ok.

– Valeu, Josias. Até amanhã!

Procurei não entrar em pânico. Tento me controlar até agora, cinco horas após o momento mais importante da minha vida! Amanhã eu vou ter um encontro a sós com a garota dos meus sonhos. Ela me acha talentoso. Eu vou desenhar ela. Não dá para acreditar. Amanhã, eu e a Julinha vamos nos encontrar! Fecha parênteses. Voltando ao ocorrido. Eu sentia necessidade de falar para a Ângela. No mesmo momento, lembrei que tinha combinado de encontrar ela e o Antônio depois da aula. De qualquer forma, pensei que ela me entenderia. Na teoria fazia sentido.

Ninguém tinha visto o encontro. As turmas têm aula no segundo e no terceiro andares no turno da manhã. Como o banheiro do meu andar estava interditado, tive que descer até o primeiro para libertar minha urina. Na saída, a Julinha já estava lá, em frente ao bebedouro. Talvez até estivesse me esperando. Ok. Não precisa viajar tanto, Josias. Após a nossa conversa, ela desceu, provavelmente para matar a aula de química. Eu, como um bom *nerd*, mas com o foco único de contar para a Ângela, subi imediatamente para minha sala de aula.

Quando cheguei, o professor já havia começado a aula. Ele parou o que estava falando.

– Olá, seu Josias. Que bom que você resolveu me dar o ar da sua graça.

Dei uma risadinha, a turma deu uma bela risada e sentei ao lado da Ângela. Como assim? Onde estava o suor? O olhar tristonho e travado? A cara de cão sem dono? Minha risadinha, em tom de desprezo, apenas comprovava um grande fato: há poucos minutos, eu tinha passado pela maior prova de fogo da minha vida. Não é o professor Nicolas e suas ironias que me abalarão!

– O que aconteceu com você? Que bicho te mordeu, Jô?

– O bicho do amor! Já te conto. O professor me marcou totalmente.

– Ihhh.

Assim que o professor terminou de explicar o trabalho em dupla, comecei a falar e falar e falar. Era muita empolgação. Impossível de se conter!

– Calma, queridinho. A princesa encantada, que sempre ignorou sua presença, do nada, resolve ser gentil e pede que você desenhe um retrato dela? E, ainda por cima, bem no dia em que eu, você e o Antônio assistiremos à trilogia do *Senhor dos Anéis*, com intervalo de cinco minutos para ir ao banheiro por filme?

– Não acredito que você tá me falando uma coisa dessas. Poxa, Ângela. É a oportunidade da minha vida. Você, mais do que ninguém, sabe como eu sempre sonhei com esse momento – eu estava muito de cara. E ainda estou!

– Jô, isso é amor platônico. Em 99% dos casos, esse tipo de amor nunca acaba se realizando. Deve existir um motivo para isso, certo? Além do mais, é ela que não te merece, garoto. Patricinha fútil. Não tem nada a ver com você.

– Ela que não me merece? Resolveu zoar com a minha cara agora? Se for pra ficar me colocando pra baixo, vê se me esquece, ok?

– Vai ser grosseiro com a sua mãe, Josias! Me esquece, você!

Ela levantou e foi embora imediatamente. Não deu para ficar triste. Na boa. A Ângela só não é popular por opção. Ela tem personalidade, é divertida, inteligente, engraçada e bonita. Eu não sou nada disso. Quando chega o meu momento, por um milagre divino, ela ainda diz uma coisa dessas? Paciência. Preciso focar no meu Dia D. Meu primeiro encontro com a Julinha.

#DiaD

O pânico de um Dia D é muito diferente daquele que se sente normalmente. Não tem como saber se é melhor ou pior.

Em um Dia D, existe motivo real para o frio na barriga. Na sua cabeça, aquele dia já é especial. Tem a possibilidade real de felicidade. Entretanto, é impossível não imaginar como seria se as coisas simplesmente não acontecessem e você perdesse a oportunidade da sua vida.

Um dia comum apresenta situações aleatórias que podem ou não acontecer. Talvez você seja chamado pelo professor no meio da aula, talvez não. Você cair no refeitório ou marcar um lindo gol no recreio. O nervosismo é pelo desconhecido. Entretanto, se o bom ou ruim não acontecem, não há felicidade ou frustração.

Aquele era o momento mais importante da minha vida e eu estava extremamente nervoso. Na noite anterior, havia ligado para o Miguel. Ele ficou feliz por mim e deu alguns conselhos. Eles até poderiam ser úteis, se eu conseguisse imaginar a Julinha se aproximando de mim para um lindo e extenso beijo. Não sei porquê, mas minha mente se recusava a imaginar alguma realidade na cena. Ele também perguntou por qual motivo eu não respondia mais as mensagens da Manu. "Em um relacionamento sério". Resposta curta e grossa. Uma coisa é a menina dizer que quer amizade enquanto está solteira. Querendo ou não, aquilo traz a esperança de um relacionamento futuro. Mas seguir com essa amizade, após o começo do namoro, acaba tirando toda a adrenalina.

A conversa serviu para aliviar um pouco da pressão que eu sentia. Miguel pediu que eu tivesse autoconfiança e acreditasse em meu potencial. Também alertava para a possibilidade dela estar interessada simplesmente em meu dom artístico.

Cheguei à escola mais cedo. Não tinha cabeça para café da manhã. Por isso, decidi comer alguma coisa na própria cantina. Um daqueles pastéis de forno com recheio só na metade. Frango com catupiry. Clássico! Mais clássico do que a refeição, apenas o álbum *Dark Side of the Moon*, trilha sonora escolhida para o Dia D.Quando havia acabado de retornar ao mundo real, percebi a Ângela, passando lá longe, com a cara amarrada. Não que ela sempre fosse sorridente, mas, naquele dia em especial, parecia que o mau humor era ainda pior. Pensei em ir até ela. Mas, como a maioria dos meus pensamentos, ficou apenas na teoria. Eu também não tinha tanto interesse em fazer as pazes com ela. Além do mais, precisava concentrar minhas forças na elaboração do desenho mais irado da história!

Antes de começar a aula, já na sala, aguardei pelo movimento da Julinha. Nada. Ela seguiu em sua roda de amigas o tempo inteiro. E eu simplesmente não tinha com quem desabafar. A Ângela, para minha surpresa, dava risadas ao conversar com Antônio, seu novo amiguinho. Aquele garoto me irritava. Muito trouxa. Não deixei que eles me abalassem. Durante o tempo livre, aproveitava para pensar em possíveis esboços do retrato que desenharia, ao meio-dia, da garota mais linda que eu já havia conhecido em toda minha vida.

Entre um período e outro, a situação se repetiu. Julinha com as amigas, Ângela com Antônio, e eu ali, em minha classe, pensando que o desenho teria que ser perfeito para que aquele realmente fosse o Dia D. Até agora, a possível pretendente tinha agido da mesma forma de sempre: como se eu simplesmente não existisse.

Um fato me deixou ainda mais desnorteado. Pouco antes do final do quinto período, a Julinha pediu para ir ao banheiro. Isso é algo impressionante. Tirando a professora Isis Mão-de-Ferro, a carrasca da escola, eu nunca vi professor negando algum pedido da Julinha. Ela vai onde quer, na hora que quer. Apesar disso acontecer diariamente, a ação aumentou em algumas vezes o nervosismo. O pior é que, passados quinze minutos do sexto período, nada dela voltar. Será que tinha esquecido? Será que se arrependeu de me encontrar? Comecei a ficar cada vez mais pessimista.

O sinal tocou. É como se o entusiasmo já tivesse se transformado em decepção. Eu não estava prestes a ter um encontro com minha futura namorada. Parecia que caminhava para algo cotidiano na vida de Josias: a humilhação. Se ela tivesse interesse, já teria dado sinal. Simplesmente sumiu! Conforme me aproximava da sala escolhida, a angústia aumentava. Sentimento ruim. Terrível. Para piorar, a Ângela passou reto por mim, com cara de pouquíssimos amigos. Na sequência, encontrou o Antônio e abriu um sorriso, algo raro se tratando de Ângela. Parecia que o acento circunflexo não era a única coisa que os dois tinham em comum.

Cheguei na sala 203 e, como já era de se esperar, ninguém por lá. Apenas por desencargo de consciência, abri a porta. Julinha, com um sorriso malicioso, me aguardava. Sorriso parecido com o daquela menina do metrô. Como na vez em questão, me aproximei esperançoso de que um destino maravilhoso se desenhava, literalmente.

– Por que você demorou tanto, garoto?

– Como você não foi no último período, achei que tivesse ido embora. Esquecido, sei lá.

– E perder de ter meu rosto desenhado por Josias, o futuro artista?

Como a pergunta me deixou espantosamente retardado, procurei fugir do assunto assim que recobrei os sentidos.

– E como você conseguiu entrar aqui? Eles não trancam as portas na hora do almoço?

– Pedi para o zelador. Disse que precisava estudar com urgência pra uma prova e ele abriu, é claro! – clássico – Posso te chamar de Jô? Então, Jô, como vai ser? Fico sentada ou em pé?

– Você quer que eu desenhe seu rosto ou de corpo inteiro?

– Corpo inteiro? Tá maluco? Eu tô uma bola – até parece.

– Pode ficar sentada, então.

– Ótimo. Enquanto eu matava aula, fiquei jogando vôlei com o pessoal – como é possível? Não havia uma gota de suor nela! Para não parecer perplexo com a revelação, respondi apenas com "hmm".

Retirei o material da mochila e comecei a desenhar. Era difícil ficar olhando para ela. A Julinha tinha alguma coisa que me amedrontava. Muito linda, sem dúvidas, mas tinha algo errado com aquela aproximação. Será que ela simplesmente queria um retrato para ela? Decidi investir ao máximo naquele momento. Interesse ou realidade? Não importava. Sabia que era tudo ou nada. Por isso, coloquei a concentração inteira no desenho.

Comecei pelos traços marcantes. Ela tinha maçãs do rosto bem destacadas. Não era bochechuda nem nada. Aquilo realçava os olhos dela de uma maneira sobrenatural. E como não passar aos olhos como sequência natural do desenho? Sobrancelhas fininhas. Ao invés de subir aos cabelos negros, ondulados e divididos ao meio, desci ao nariz, praticamente imperceptível de tão pequeno. Um pouco mais abaixo, o sorriso que parecia uma coisa só. Lábios rosados e dentes completamente alinhados, combinando da esquerda à direita, de cima abaixo. Será que seria ela? Será que ela havia percebido que seria eu? Será que...

– Falta muito, Jô? O vôlei me deixou tão cansada. Ainda preciso almoçar e ir à academia – ela não parava de olhar para a porta. Parecia ansiosa. Também vinha falando bem alto desde que eu entrei na sala. Talvez estivesse agindo dessa maneira por ter descoberto que me amava e não sabia como expressar aquilo tudo. Talvez a alteração de voz fosse um sintoma do nervosismo. Eu fico suado. Ela grita. Faz todo o sentido!

De repente, começo a escutar passos marcantes vindos do corredor em direção a nossa sala. Apressados, pesados. Também ouço batidas estridentes nos armários de ferro. A partir dos gritos com juras de morte direcionadas a minha pessoa, identifiquei que meu grande inimigo se aproximava. Congelei. Não dava tempo de fugir. Olhei para a Julinha. Parecia tranquila. Não parecia preocupada com o flagrante que seu ex-namorado daria em nós dois. Que merda era aquela? O que aconteceria? Não fazia ideia. Definitivamente estava com medo, mas me sentia conformado com o inevitável.

– Você não aprendeu a sua lição, Josias? Eu tinha sido bonzinho. Até fiquei com pena de você. Muito obrigado por me dar um belo motivo pra fazer algo que eu venho guardando desde o dia em que eu vi aquele desenho ridículo na parede da sala de aula. Tá pensando o quê, *nerd*? Interessante – ele havia acabado de olhar o retrato da Julinha – Muito interessante! Pensou o quê? Que a Julinha ia querer ficar com um otário como você por causa desse desenho ridículo?

Não sei se foi mais um daqueles apagões providenciais da minha consciência ou se realmente apaguei. O Digo acertou o soco em cheio, como se eu fosse o saco que ele costuma espancar em suas aulas de boxe. Desabei no chão. Acordei em casa, encarando novamente, em menos de duas semanas, a cara de preocupação dos meus pais.

#OlhoRoxo

Apanhar é muito ruim. Aquela teoria de que uma briga proporciona experiência e, consequentemente, endurecimento da pessoa para futuros embates, não apresenta fundamento algum. Talvez para quem entra na academia ou passa a frequentar escolas de artes marciais após o trauma. Eu, que segui magrelo e com especialização em *Street Fighter*, passei a ter ainda mais medo de brigar.

– Vou ter uma conversa séria com os pais desse menino. Como ele resolve bater assim em uma criança indefesa como meu filhinho?

– Menos, mãe, menos.

– Sua mãe deu uma exagerada, como sempre, mas ela está certa, Josias. O delinquente juvenil precisa de uma punição. No mínimo, expulsão! Pelo menos já temos o professor Nicolas como prova. Se ele não tivesse esquecido a pasta na sala...

– Eu não gostaria que vocês se metessem nisso. Muito obrigado pela ajuda e pela preocupação. Já vai ser o maior mico ter que voltar com o olho zoado pra escola. Vocês têm noção do que vai acontecer se eu aparecer lá de mãos dadas com meus pais?

– Como você preferir, filhinho. Mas, se esse tal de Digo sair impune, não me responsabilizo pelos meus atos.

E o que ela faria? Chamaria o pastor para dizer que o Digo é um pecador? A surra desceu em formato de ficha. Um *nerd* até pode deixar de ser *nerd*. Um garoto excluído é totalmente capaz de conversar com outras pessoas. Talvez até consiga criar um bom grupo de amigos. Mas nunca, nunca mesmo, vai conquistar a garota mais popular do colégio. Ainda mais da noite para o dia!

Tantas conclusões não surgem a partir de um soco na cara. A sequência dos fatos é que foi capaz de me colocar em meu insignificante lugar. Logo depois que meus pais finalmente saíram do quarto, não levantei da cama para buscar um remédio para a dor ou mais gelo para o olho. Corri até a mochila para ingerir a droga na qual sou declaradamente viciado. Não consigo ficar mais de 2 horas sem acessar o *Facebook*.

E é lá que consigo encontrar as verdades que não enxergo no dia a dia. Mesmo deprimido com a humilhação, ainda tinha esperanças em receber uma mensagem da Julinha. No mínimo, alguma frase em seu perfil, repudiando a violência e desejando que eu melhorasse o mais rápido possível.

O clique que gerou uma dor equivalente a noventa e cinco socos surgiu a partir de uma simples mudança de status. "Julia Noronha está em um relacionamento sério com Rodrigo Nunes." Lágrimas. Às vezes, choramos de tanto rir. Em outros momentos, a tristeza toma conta e, simplesmente, não há como controlar. Eu chorei de raiva. Raiva própria. Como eu pude ser tão otário? Materializei o maior dos meus sonhos e tudo não passava de uma armação feita pela Julinha para que o Digo sentisse ciúmes e batalhasse por ela.

Teoria da conspiração? Quem dera fosse. Todos os sinais batiam. Sinais não. Evidências! Abaixo do status e de alguns comentários falsos parabenizando o casal, Nina, amiga da Julinha, postou a seguinte frase: "Agradeçam ao cupido aqui... :)". A Nina chegou na sala junto com o Digo. Foi ela quem avisou ele do nosso encontro. E onde a Julinha entra na história? Acessando o perfil da Nina, encontrei uma postagem feita pela minha antiga obsessão no dia anterior: "Amanhã, ao meio-dia e meio, na sala 203! Faz exatamente daquele jeitinho que combinamos. Beijo no ombro".

Apesar do negativismo e da desilusão, finalmente caí na real. A Julinha é apenas uma figura bonita por fora e maquiavélica por dentro.

#Ângela

Vergonha. Palavra que acompanhou Josias da Silva Rosenberg ao longo dos seus 15 anos. no dia seguinte ao Episódio Desilusão Amorosa, não passava de mais uma palavra. No contrário do transtorno pós-traumático gerado pelo macarrão com almôndegas, dessa vez eu contava os segundos para chegar em sala de aula. No dia anterior, havia tentado ligar para a Ângela em torno de quarenta e oito vezes. Mandei *Whatsapp*, *Voice*, *Direct*, *Inbox*. Nada. Eu sempre convivi com a indiferença dos outros, mas com a Ângela era diferente. Ela é a única pessoa com quem eu sempre pude contar.

Lembrei do episódio Macarrão com Almôndegas. Lembrei de muitos outros episódios. Ela sempre esteve lá. Na grande maioria das vezes, me xingava, dizia que eu não tinha jeito, avacalhava com a minha situação. Por quê? Por quê? Está certo que a terapia trouxe resultados impressionantes. Eu praticamente não gaguejava mais e estava conseguindo lidar relativamente bem com o turbilhão de sentimentos que brotavam, minuto a minuto, nas horas pós-briga com o Digo. Mas eu ainda não entendia como ela conseguia gostar de mim.

Em meio aos conflitos internos, eis que surge a própria, na portaria da escola. Se a ficha do meu falso amor pela Julinha pesava em torno de quarenta quilos, a moeda que estava por cair devia ter, no mínimo, três toneladas. Bonita, inteligente, engraçada, gente boa e gostava de mim. Eu sempre consegui ser eu mesmo com ela e, desde que o tal de Antônio começou a andar conosco, vinha sofrendo de frequentes transtornos de humor. A menina por quem eu realmente estava apaixonado sempre esteve do meu lado.

– Oi, Jô. Eu preciso te contar uma coisa – será que a ficha dela também tinha caído? – Como tá o seu olho?

– Bem, eu acho. Vou ficar bem. Também precisava te contar uma coisa! Mas conta você primeiro, vai.

– Eu fiquei com o Antônio.

Meu coração parou. Meus pensamentos travaram. A única coisa que parecia seguir o rumo natural era a gota de suor que descia pelas minhas costas. Aquilo não podia estar acontecendo. Simplesmente não podia. Após longos segundos sem reação alguma, com cara de paisagem, incrédulo, decidi que havia chegado a hora de me revoltar com a humanidade.

– Só pode ser brincadeira! Só pode ser brincadeira! Eu passo a vida inteira com esperanças em um amor platônico. Melhor, por um amor que nunca existiu. Menina bonita e popular. Quem não vai achar que tá apaixonado, não é verdade? Eu sei, eu sei. Você me avisou. Você sempre me avisou, Ângela. Eu que nunca quis ouvir. Pode parecer que não passa de uma justificativa por eu ter apanhado, mas, agora há pouco, eu pensava que aquele poderia ter sido o dia mais decisivo da minha vida. Sabe por quê? Sabe por que eu comecei a pensar dessa forma? Porque agora, quando eu vi você chegando pela portaria, percebi que, na verdade, eu sempre gostei da única pessoa que me entende no mundo. Eu percebi, Ângela, que é de você que eu gosto. Mas imagina se o Josias, algum dia, vai ter alguma chance, não é? Acho que foi bom você ter me falado isso, sabe. Assim, paro de ser babaca em pensar que eu teria chance com a garota de maior personalidade da escola. Logo um zero à esquerda como eu. Tchau, Ângela. Boa sorte com o Antônio. Ele parece ser gente boa. Até é fã de *Senhor dos Anéis*, né?

Deixei para trás uma Ângela sem reação, estática, como eu nunca tinha visto. Provavelmente, era a primeira vez que isso acontecia. Ela sempre tinha uma resposta na ponta da língua. Nas situações boas ou ruins, vencia facilmente todas as discussões.

Entrei em sala de aula com a testa franzida. Acredito que o olho roxo contribuía para transmitir o recado de "não se meta comigo". Os burburinhos naturalmente aconteciam. Mas quem é alvo constante de burburinhos consegue compreender quando a essência dele é zombeteira. Nesse caso, as pessoas pareciam admirar minha pessoa. Como se levar um soco na cara e depois aparecer com a testa franzida fosse um ato de coragem ou algo do gênero. Confesso que, apesar da dor, o olho roxo me dava certa segurança e, consequentemente, ar de valentão.

As desilusões pareciam ter despertado um novo Josias. Nem bom, nem ruim. Apenas diferente. Parecia que, ao simplesmente não me importar mais com nada, o personagem bizarro da sala de aula perdia totalmente a graça. Eu só pensava na Ângela. Ela não tinha voltado para a sala de aula. Será que era por eu ter sido grosso? Por pena do pobre coitado Josias? Por vergonha? Não importava. Ela estava apaixonada pelo Antônio e eu, como amigo, deveria respeitar aquilo. Pediria desculpas e diria para ela esquecer minha cena. O soco na cara havia mexido com minha cabeça. Eu e a Ângela? Namorados? Até parece! Isso que eu diria a ela.

O meu choque de percepção trouxe o completo desencanto pela Julinha. Ela não desgrudava do Digo. Ele estava mais esnobe do que nunca. O número de puxa-sacos parecia ter aumentado pelo último episódio. A galerinha dele olhava para mim, dava algumas risadinhas. Eu ignorava. Fazia cara de garoto rebelde, revoltado com o mundo. Os anos de convivência com a Ângela serviram para alguma coisa. Quem dera tivesse parado por aí. A última frase que escutei dela provocava um nó na minha garganta e, ao mesmo tempo, sensação de náusea.

O Antônio, por falsidade ou simplesmente por vergonha, não me cumprimentou ao entrar em sala de aula. Parecia um pouco estressado. O otário não conseguia enxergar a sorte que tinha. Estava prestes a namorar a garota mais sensacional já vista em todo o universo. Conforme o tempo passava, mais eu lembrava as nossas histórias e mais eu percebia que ela era a pessoa certa para ficar ao meu lado.

Como foi bom ouvir aquela campainha insuportável. Mais ou menos bom, na verdade. O que fazer durante o recreio? Eu normalmente ficava falando mal das pessoas junto com a Ângela. Ultimamente, vinha tendo menos graça. O Antônio Otário participava das nossas teorias mirabolantes sobre o que o futuro reservava para cada um dos nossos colegas. Eu ria das piadas dele apenas por inércia. Triste. Nem Ângela, nem Antônio. Ao sair da sala de aula, pensei em ficar sentado no corredor. Preguiça de descer. A fome fez com que eu mudasse de ideia.

Com a cara amarrada, olhava reto para frente. Testa franzida. Eu definitivamente estava gostando do meu novo personagem. De repente, me deparei com uma rebelde em lágrimas. A primeira vez que eu via a Ângela chorando. Meus olhos lacrimejaram também.

– Olha só, Ângela. Desculpa pela minha grosseria. Eu tô feliz por você. Agora, se o otário do Antônio fizer alguma coisa, por mais que eu provavelmente acabe apanhando, ele vai ser ver comigo e...

– Só escuta isso.

Fones brancos invadiram os meus ouvidos. Durante quatro lindos minutos, escutei a voz de Renato Russo cantando *Quase sem querer*. Me arrepio só de lembrar!

Legião Urbana? Ângela? Interpretando a minha cara de quem não entendia nada, ela começou a falar.

– É o máximo de romantismo em que eu posso chegar. Sim, Josias, eu gosto de Legião Urbana. Todo mundo gosta! Você ainda não entendeu, né?

– O quê? – Eu tinha entendido. Na minha cabeça, nós já éramos namorados. Mas não queria mais criar expectativas em cima de hipóteses vindas da minha mente perturbada.

– Eu queria ter falado antes. Desde o momento em que a Julinha Nojenta se aproximou de você, tenho sentido um ciúme absurdo. No início, pensava que era só pela nossa amizade. Mas não é, Jô. Se você conseguiu se expressar, acho que chegou a hora de fazer o mesmo. É de você que eu gosto, Josias da Silva Rosenberg. Provavelmente sempre gostei. Há pouco tempo, percebi. Nossos opostos são apenas superficiais. Acho que não é por acaso que as melhores conversas que eu já tive na vida foram com você. Acho que, apesar de tudo, a gente combina.

Em um movimento instantâneo, me aproximei dela. Olhos alinhados. Eu enxergava outra Ângela. Talvez a mesma de sempre. A figura criada por ela nunca me enganou. Sensibilidade, acolhimento, carinho. Tudo isso em apenas dois olhos. Nos beijamos. Apesar de ter sido o primeiro com sentimento, aconteceu naturalmente. Acho que esse tipo de coisa se nasce sabendo. Após um demorado e sincero beijo, começamos a rir.

– Aconteceu mesmo?

– Aconteceu. Que cara de bobo é essa?

– Por que a gente demorou tanto tempo pra fazer isso?

– Rebeldes e *nerds*. Acho que as duas personagens vivem em mundos meio ilusórios pra conseguir enxergar a realidade.

Humilhação, tristeza, exclusão. Eu passaria por situações repletas de tudo isso, milhares de vezes mais, apenas para ver o sorrido da Ângela após o nosso primeiro beijo.

AGRADECIMENTOS

Gratidão é necessidade. Principalmente quando a ajuda é genuína. O apoio da minha família, a irmandade dos meus amigos e a confiança do meu professor e mentor, Charles Kiefer, é algo que nem milhões de caracteres conseguirão explicar.

Esse livro também é de vocês.

Este livro foi composto em tipologia Adobe Garamond Pro no papel pólen soft pela gráfica Formato para a Editora Moinhos, em um carnaval frio, enquanto Cartola e Adoniran Barbosa faziam um sorriso surgir no ar.